KB260842

천 년 숨겨온,
히말라야를 걷다

라다크의 마카밸리와 잔스카르 트래킹

천 년 순례길, 히말라야는 걸다

글·사진 김홍성

세상의 아침

산에서

산에서 사람을 생각한다
해가 서산으로 기울수록
검푸르게 드러나는 먼 산등성이
출렁이는 산등성이들의 춤에 실려
멀리멀리 떠나간 사람을 생각한다
여자, 또는 남자

산에서 사람을 생각한다
이 많은 바위 어딘가에
나처럼 오두마니 앉아서
역시 사람을 생각했을
남자, 또는 여자

산에서 거듭거듭 사람을 생각한다
사람과 사람 사이에서
정이나 돈
희망이나 자유 따위에 속아서
살거나 죽은
남자, 또는 여자

사라지는 것들에 대한 연민

무르팍에 피가 넘치던 시절의 나는 우리 산들을 두루 답사하면서 언젠가 히말라야 언저리를 거닐어볼 꿈을 꾸었고, 꿈은 마침내 실현되었다. 산악 전문지 〈사람과 산〉 창간을 도운 인연으로 네팔에서 처음으로 히말라야를 경험했을 때, 나는 히말라야 설산들의 신성한 모습에 압도되었다. 그리고 히말라야 설산들 너머의 하늘과 땅은 어떤 모습일까, 거기 사는 사람들의 삶은 어떤 것인지 궁금해졌다.

그 후 몇 년 동안 나는 해마다 몇 달씩 네팔과 인도의 히말라야를 누비고 다녔다. 그러고도 모자라서 급기야는 네팔로 이주하여 10년 가까이 눌러 살다가 지난 해 3월에 귀국했다.

히말라야에서의 내 삶을 돌이켜보면 꿈만 같다. 그렇다고 이제는 내가 꿈에서 깨었다고 말하려는 것은 아니다. 나는 여전히 아직 미답으로 남겨둔 저 황량한 히말라야 골짜기로 돌아가 순정 어린 사람들을 만날 날들을 꿈꾸고 있다.

10여 년에 걸친 히말라야 여행 초기에 경험한 옛 불교 왕국 라다크는 1947년 인도와 파키스탄 전쟁 이후 중국과의 국경 문제가 날카롭게 대립되면서 인도의 가장

천 년 순정의 땅, 히말라야를 걷다

중요한 전략 요충지가 되었다. 도로가 나고, 군대가 들어오고, 1975년부터는 외국인 관광객과 함께 산업문화가 쏟아져 들어오면서 검소하고 평화롭게 살았던 라다크 공동체는 급격히 무너지기 시작했다.

라다크 땅 도처에서 나는 이미 탐욕스러운 산업문화에 젖어버렸거나 그 때문에 갈등을 겪는 가족을 수없이 만났다. 그럴 때마다 나는 우리네 과거를 떠올렸다. 내가 어렸을 때의 가족과 친척들 그리고 동네 사람들을 생각했다. 지금은 뿔뿔이 흩어져 제각기 더 잘 살아보겠다고 바쁘지만, 그 옛날 함께 모여 살 때는 가난했을지언정 얼마나 평화롭고 행복했던가.

거세게 밀려오는 변화의 물결 속에서도 천 년 전의 순정을 간직하고 사는 라다크 산골 사람들을 생각하면 자꾸 눈물이 난다. 결코 사라져서는 안 되는 소중한 것들이 사라지는 데 대한 연민 때문에 라다크에서의 지난 삶을 정리했음을 밝혀둔다.

김홍성

천 년 전의 순정, 라다크에서 만난 시인 김홍성

보이는 모든 것을 이유 삼고 만나는 모든 것을 구실 삼아 너털웃음을 뿜어내는 '시인 김홍성'. 그를 처음 만난 곳이 '극약처럼 새하얀 히말라야 능선'들을 배경 삼는 인도 라다크Ladakh였다. 그것은 행운이었다.

'할 일 따로 없고, 하고 싶은 일 따로 없는' 날들 속에서 인도를 떠돌던 어느 날 그를 만났다. 그가 등을 떠밀지 않았더라면 황량함과 광막함을 감추지 않고도 숨막히게 아름답고 황홀하게 성스러운 자연의 모습들을 보여준 잔스카르 산과 계곡을 물물색색으로 만나는 행운을 놓쳤을 것이다.

고맙다고 말했던 기억이 따로 없는지라, 이제라도 고맙다는 말 전하고 싶다.

스스로 부끄럽지 않은 것을 다행으로 삼는 꽃들과 그 꽃들을 부드럽게 또는 거칠게 어루만지는 잔스카르 계곡의 바람들은 지금도 내 이마 위를 스쳐간다.

그 바람과 함께 건들건들 기웃기웃 휘청휘청했던 '시인 김홍성'의 발걸음이 떠오른다. 종일 걸어야 만나는 마을에서 풍기는 술 익는 냄새에 홀려 건들건들 기웃기웃 휘청휘청했던 김 시인을 히말라야의 꽃들과 구름과 바람들은 기억할 것이다.

천 년 순정의 땅, 히말라야를 걷다

걷고 또 걷는 걸음 따라 피어나던 지난 삶의 기억들이 깊이와 무게를 다하는 순간마다 몸과 마음을 다해 화해하고 용서를 빌던 '시인 김홍성'의 간절함을 잔스카르의 산과 계곡들은 기억하고 있을 것이다.

술잔 기울이는 김 시인을 사랑으로 훑었던 잔스카르의 바람들이여,

'날 것처럼 살아 숨쉬는 삶'이 전부인 김 시인의 소망을 간직한 잔스카르의 산과 계곡들이여,

이태백과 조르바가 사랑하고 천착했던 것들을 사랑하고 천착하는 '시인 김홍성'이 이 삶 동안에 갚아야 할 빚이 있다면,

그대들이 증인 되고 그대들이 배후가 되어 함께 갚아주지 않겠는가.

나 마 스 떼

정 무 진 _ 인도로 가는 길 대표

추천의 글

차례

천 년 순정의 땅, 히말라야를 걷다

천 년 순정의 땅, 히말라야를 걷다

01

버스가 매미와 쓰르라미가 요란하게 우는 구릉지대 숲을
지나 전망 좋은 언덕 위에 올라서자 차창 밖 멀리 흰 눈을
머리에 인 히말라야 산줄기가 보였다. 갑자기 가슴이
뛰었다. 길가의 완만한 산비탈은 옥수수 밭이었다. 어린
옥수수들이 연두색 잎사귀를 살래살래 흔들고 있었다.

스리나가르에서 라다크로

가이드북에는 스리나가르가 캐시미르 독립군과 인도 정부군 사이에 교전이 벌어지는 위험 지역이라는 사항이 빠져 있었다. 엊그제 델리의 티베탄 난민촌에서 듣기로는 스리나가르에서 매일 밤 총성이 그치지 않는다고 하더니만, 오늘 잠무 버스 터미널 가판대에 놓인 신문 1면에 섬뜩한 사진이 실렸다. 대여섯 구의 시체가 나뒹굴고 있는 모습이었다.

"며칠 전에 스리나가르에서 총 맞아 죽은 사람들이다. 스리나가르는 지금 전투 중이어서 무척 위험하다. 상점과 식당, 호텔 등이 모두 문을 닫았다. 오직 하우스 보트에서만 잘 수 있다. 여기에서 미리 예약을 하면 우리 형이 택시로 마중 나와서 너를 하우스 보트로 데려가 준다. 그게 안전하다. 저기 저 영국인 커플, 또 저기 캐나다 여자도 내게 예약을 했다."

아까부터 내 뒤를 따라다니며 가이드를 자처하던 자가 또 끼어들었다. 계속 무시했지만 이번에는 대꾸하지 않을 수 없었다.

"그게 정말이냐?"

"의심스러우면 가서 물어봐라."

그 자의 말은 사실이었다. 영국인 커플은 그 자를 통하여 하우스 보트를 예약했노라고 했다. 1박 2식에 150루피. 그리 비싸지는 않다 싶어서 선불을 주고 예약했다. 예약증을 써주고 나서 사내는 극진히 모시겠다는 투로 여러 가지 사설을 늘어놓은 후에 묻는다.

"그런데 너의 최종 목적지는 어디냐?"

"레."

"쯧쯧……. 돈 좀 들게 생겼다."

"왜?"

"버스가 일주일 후에나 있기 때문이다. 그러지 말고 50달러 정도로 택시를 합승해서 가라. 하우스 보트에 가면 우리 형이 택시 합승을 주선할 것이다. 저 영국인 커플도 우리 형 택시를 합승하기로 했다."

"알았다. 생각해보겠다."

"친구여, 나를 믿으라. 내 형에게 잘 부탁해놓을 테니 꼭 내 형과 상의해라."

아주 집요한 자였다. 내 눈을 뚫어지게 바라보면서 완강했던 내 마음에 동요가 일어나는 걸 읽고 있었다. 사실 나는 몹시 불안했다. 낯선 곳에, 그것도 총알이 핑핑 날아다니는 곳에 들어가는 사람은 아무리 의지가 굳센 사람일지라도 누구에겐가 의지하고 싶어지는 법이다. 그 자는 오랜 경험으로 그걸 터득하고 있었다.

이윽고 그 자가 영화배우 뺨치는 미소를 머금고 악수를 청했다.

"우린 이제 친구다. 행운을 빈다."

"고맙다."

그 자는 어느새 내 어깨를 두드리고 있었다. 마치 오랜 지기나 되는 것처럼!

관광객을 상대로 꽃을 파는 달 호수의 사내.

거의 모든 승객들이 자리를 잡고 앉아 있을 때 한 여인이 버스에 올라왔다. 미라처럼 늙은 여인이다. 승강구와 좌석 사이를 차단하는 칸막이를 붙들고 서서 여인은 노래를 불렀다. 내 자리는 바로 승강구 옆이어서 그 여인을 자세히 관찰할 수 있었다. 몸은 작고 여위었지만 칸막이를 잡은 손은 크고 마디가 불거져 있었다. 두터운 누더기를 입고 있고 발은 때가 켜켜이 앉은 맨발이었다. 눈은 짓물러서 눈곱이 꼈는데 거기로 파리가 달려들었다. 또 코걸이에는 콧물이 매달려 있었다.

노랫소리는 도무지 사람의 성대에서 나오는 소리 같지 않았다. 그러나 사람의 성대가 아니고서는 도저히 표현할 수 없는 처절한 노래가 비장하게 이어졌다. 전에 테이프로 들어본 적이 있는 인도 전통 민요 '라가'와 같은 갈래의 노래인 것 같았다. 노래가 끝난 뒤 여인은 합장을 한 후 통로 사이를 걸어다니며 손을 내밀고 적선을 청했다. 여인의 노래에 깊이 공감한 승객들이 흔쾌히 적선을 했다. 불쌍해서 던져주는 태도가 아니라 훌륭한 예술에 대한 정중한 답례로 보였다.

여인은 어쩌면 먼 길을 떠나는 사람들에게 행운을 빌어주는 노래를 불러주었을지도 모른다.

여인이 내리자마자 버스가 떠났다. 영국인 커플은 통로를 사이에 두고 내 오른쪽 좌석에서 영자 신문을 읽고 있었다. 우람한 체격이었다. 가슴과 팔다리에 곱슬곱슬한 노란 털이 수북히 나 있었다. 그는 신문의 어떤 대목을 만화영화의 마귀할멈 같은 목소리로 읽었다. 아담한 체격에 호기심 많게 생긴 푸른 눈의 여자는 손톱을 다듬으며 듣다가 남자의 등을 두드리며 낄낄낄 웃곤 했다. 여행자 차림의 승객은 이 커플과 나, 세 사람뿐이었다.

시가지를 벗어나자 버스는 산등성이를 타고 올라 키 큰 금송金松들이 숲을 이룬 사이로 달렸다. 길가에 원숭이들이 나와 있었다. 젖을 빠는 새끼를 안고 있는 어미 원숭이도 있다. 원숭이들이 마치 그곳 주민처럼 나와 노는 길 가운데로 수행자로 보이는 사내가 흰 수염을 날리며 걷고 있었다. 염주를 목에 건 이 사내는 섬뜩하도록 붉은 가사를 입었다.

중앙선이 없는 왕복 2차선 포장도로 아래로 폭이 넓은 강이 보이기 시작했다. 히말라야에서 흘러오는 강이었다. 강가에는 둥글둥글한 붉은색 호박돌이 깔려 있었다. 강가에 트럭을 대고 세차하는 사람들과 목욕하는 사람들이 보였다. 어깨에 수건을 걸치고, 손에는 비눗갑을 들고, 어린아이 둘을 데리고 강으로 가는 키 큰 남자도 보였다.

버스가 매미와 쓰르라미가 요란하게 우는 구릉지대 숲을 지나 전망 좋은 언덕 위에 올라서자 차창 밖 멀리 흰 눈을 머리에 인 히말라야 산줄기가 보였다. 갑자기 가슴이 뛰었다.

길가의 완만한 산비탈은 옥수수 밭이었다. 어린 옥수수들이 연두색 잎사귀를 살래살래 흔들고 있었다. 멀리 황토 언덕에는 아카시아, 미루나무, 소나무들이 있고, 땔감을 머리에 이고 내려오는 소녀들도 보였다.

그런데 운전기사가 경적을 울리며 급제동을 걸었다. 새끼 고양이만 한 도마뱀이 길 가운데로 느릿느릿 지나가고 있었기 때문이다. 밭에서 김매던 아낙네들도 허리를 펴고 일어서서 도마뱀 때문에 벌어진 작은 소동을 지켜보고 있었다.

높은 고개 하나를 넘어 버스는 울창한 전나무 숲 사이를 달렸다. 숲 사이로 만년설을 머리에 인 히말라야 산맥이 아까보다 훨씬 더 가까이 보였다. 창으로 들어오는 바람에 히말라야의 눈가루가 섞여 있는 듯한 느낌이 들었다. 바람은 그지없이 신선했다.

천 년 순정의 땅, 히말라야를 걷다

점심때가 지나자 소총, 자동 소총, 기관총 등으로 중무장한 군인들을 태운 트럭들이 계속해서 경적을 울리며 우리 차를 추월했다. 아침에 신문에서 본 시체들 사진이 떠올랐다. 전방에 어떤 상황이 벌어지고 있기에 이토록 많은 군인들이 급히 출동하는가 싶었다. 어쩌면 단순한 기동 훈련일지도 모르는데 너무 겁먹지 말자고 스스로를 위로했다. 옆 좌석의 영국인 커플은 몸을 포갠 채 곤하게 자고 있었다.

오후 2시쯤 자와하르 터널(해발 고도 2,320미터) 입구에 도달하자 군인들이 임시 검문을 하고 있었다. 대나무로 만든 지휘봉을 든 군인이 올라와 내국인 승객들을 모두 내리게 한 다음 승객들의 몸을 일일이 검색했다. 차에 올라온 또 다른 군인은 승객들이 두고 내린 짐을 검색한 후, 차에 남아 있던 나와 영국인 커플의 여권을 조사했다.

터널은 어둡고 길었다. 길이가 2,500미터라고 했다. 천장에서 물이 뚝뚝 떨어졌다. 자동차의 배기가스로 심하게 오염되어 있어서 창문을 꼭 닫고 있어야 했다. 터널을 빠져 나오자 눈앞에 갑자기 거대한 히말라야 산맥이 확 다가왔다. 차창을 열자 터널 저편보다 훨씬 차가운 바람이 들어왔다. 그리고 잠시 후 사진으로만 보았던 캐시미르 골짜기가 멀리 내려다보였다.

만년설을 머리에 인 히말라야를 배경으로 펼쳐진 연두색 들판은 거의 논이었다. 논두렁 군데군데에는 버드나무가 젖은 머리를 말리는 처녀처럼 서 있었다. 묵은 밭에는 개망초들이 하얀 꽃을 피우고 섰다. 흙으로 벽을 바른 초가집과 뽕나무 밭이 있고, 곡식을 넣어 말리는 멍석도 보였다.

수로에서는 벌거벗은 아이들이 멱을 감고 있었다. 기도하듯 두 손을 모으고 다이빙을 하는 아이, 눈 감고 코와 고추를 쥐고 그냥 선 채로 물 속에 풍덩 뛰어드는 아

라다크 잔스카르의 꿍체 라, 해발 고도 5,450미터로
여름 한 철만 도보로 통과할 수 있다.

이……. 하얀 빨래가 널린 판자 울타리, 나팔꽃 넝쿨이 기어드는 창문! 길가에 앉아 똥 누는 아이……. 어린 시절 내가 살던 농촌 마을을 그대로 옮겨놓은 것 같았다.

마을을 빠져 나온 차는 군 병영을 지나 캐시미르의 드넓은 논밭 사이를 달렸다. 맞은편에서는 군 트럭들이 끝없이 달려왔다. 트럭에 탄 군인들의 복장이 제각각이었다. 카키색, 녹색, 빨강색, 검은색 등 다양한 색상의 베레모를 썼는가 하면 철모나 작업모를 쓰기도 했다.

터번을 두른 군인들도 많았다. 수염이 있는 자도 있고, 없는 자도 있었다. 흑인처럼 검은 얼굴이 있는가 하면 눈알이 새파란 자도 있었다. 우리와 같은 몽골리언임이 분명한 자와 시선이 마주쳐서 손을 흔들어주었다. 그러나 그는 무릎 사이에 소총을 거머쥔 채 표정을 바꾸지 않았다.

하우스 보트 '마닐라'에 갇히다

저녁이 다가오고, 마침내 스리나가르 시가지가 저만큼 보일 때 누군가 손을 들어 버스를 세웠다. 눈이 파랗고 콧수염 외에는 말쑥하게 면도한, 제법 미남이다 싶은 사내가 버스로 올라왔다. 또 검문인가?

사내는 손에 든 종이쪽지를 보며 이름을 불렀다. 옆 좌석의 영국인 커플 그리고 내 이름이었다. 그는 우리더러 짐을 챙겨서 내리라고 했다. 뭔가 불안했지만 영국인 커플의 태도가 태연하기에 그냥 따라 내렸다. 버스에서 내리고 나서야 사내는 자기의 신분을 밝히며 악수를 청했다.

"잠무에 있는 내 동생에게서 전화를 받았다. 내가 바로 당신들이 묵을 하우스 보트의 주인이다. 자, 저 택시에 타라."

천 년 순정의 땅, 히말라야를 걷다

영국인 남자가 물었다.

"왜 버스 종점에서 기다리지 않고 여기까지 나왔느냐?"

"시내에서는 언제 총격전이 벌어질지 모른다. 당신들을 안전하게 데려가기 위해서 여기까지 택시를 대절해 왔다. 내가 온 이상 당신들은 이제 안심해도 좋다."

일단 택시를 탄 후에 내가 말했다.

"나는 내일 아침에 레로 가는 버스표를 예약해야 한다. 그러니 티켓 오피스에 잠깐 들렀다 가자."

"레로 가는 버스는 내일 없고 수요일에나 있다. 내일 뒷자리 영국인 커플과 함께 택시나 지프를 합승할 수 있도록 내가 주선할 테니 걱정 마라."

뭔가 찜찜했지만 일단 하우스 보트까지 가보기로 했다. 택시는 시 외곽을 돌아 궁전처럼 으리으리한 하우스 보트들이 줄지어 떠 있는 호숫가에 멈추었다.

우리는 대기하고 있던 길쭉한 보트 '시카라'를 타고 '마닐라'라는 이름의 하우스 보트로 건너갔다. 영국인 커플은 마닐라 옆 하우스 보트에서 먼저 내렸다.

하우스 보트란 물 위에 떠 있는 배 형태의 목조건물이었다. 향기가 나는 목재를 정교하게 다듬어서 으리으리한 궁전처럼 치장했다. 하우스 보트 마닐라에는 욕실이 딸린 객실이 네 칸, 식당, 주방, 거실이 있었다.

샤워를 하고 발코니처럼 꾸민 뱃머리로 나가 건너편 건물들을 자세히 살펴보니 호텔이나 식당처럼 생긴 건물인데 모두 텅 비어 있었다. 유리창도 모조리 깨져 있었다. 그리고 몇몇 건물은 군대가 병영으로 사용하는 중이었다.

병영의 정문 입구에는 모래주머니를 쌓아 방호벽을 만들었고 그 위에는 기관총 총좌가 얹혀 있었다. 철모를 쓴 군인들 대여섯 명이 소총을 들고 수색 대형을 짜서 시내 쪽으로 나가는 모습도 보였다. 그런데 서양에서 온 여행자들 서너 명이 반바지

제1장 스리나가르에서 라다크로

스리나가르의 가장 특징적인 풍경인 달 호수의 하우스 보트들과 여행객을 태운 시카라.
이토록 평화롭지만 정치·종교 분쟁 때문에 국제전 양상을 띤 내전 형태의 유혈 충돌이 끊이지 않고 있다.

으리으리한 하우스 보트의 내부. 향기가 나는 목재를 정교하게 다듬어서 궁전처럼 치장했다.

차림으로 시내 쪽으로 걸어가는 것도 눈에 띄었다.

이상했다. 시내는 총격전 때문에 위험하다는데 저들은 어쩌면 저렇게 태연하게 거리를 활보하는가. 문득 내가 속고 있는 것이 아닌가 싶었다. 그러자 이 하우스 보트에 든 손님은 나 혼자뿐이라는 사실이 불안했다. 갇혀 있다는 느낌이 들었다. 나를 이렇게 가두어놓고 모종의 흉계를 꾸미고 있을지도 모른다고 생각하니 바짝 긴장됐다. 옆 배에 든 영국인 커플이 시카라를 타고 유람을 나가는 태평한 모습을 보니 조금 안심은 되었지만 마음을 완전히 놓을 수는 없었다.

주방에서 저녁을 준비하고 있는 종업원에게 가서 말했다.

"볼 일이 좀 있어서 시내에 들어가련다. 배를 불러서 나를 건너편으로 데려다주라."

"안 된다. 위험하다. 더구나 곧 어두워진다. 저녁이나 먹고 푹 쉬어라."

"밖을 봐라. 저 사람들은 어째서 저렇게 길거리를 활보하고 다니느냐."

"잘 봐라. 저 사람들은 지금 산책을 마치고 하우스 보트로 돌아가는 사람들이다."

아닌 게 아니라 그들은 곧 걷기를 멈추고 물가에 서서 하우스 보트에서 건너오는 배를 기다리는 것이었다. 할 수 없이 내일 아침 일찍 시내에 나가보기로 하고 종업원이 차려준 저녁을 먹었다. 메뉴는 닭과 생선, 야채와 쌀밥이다.

주인 사내가 들어왔다. 미소를 띠며 아주 친절하게 음식이 입에 맞느냐고 물었다. 그러고는 내일 아침에 영국인 커플과 함께 택시를 합승해서 레로 가지 않겠느냐고 물었다. 요금은 숙식을 포함하여 80달러. 그러나 나를 이리로 보낸 잠무의 그 사내는 50달러라고 했었다.

내가 대답을 하지 않자 주인 사내는 잠시 후 크게 선심 쓴다는 듯이 말했다.

"좋다. 네게는 특별히 50달러만 받겠다. 대신 네 우산과 면양말 한 켤레만 다오. 그리고 영국인들이 물어보면 80달러라고 대답해라."

천 년 순정의 땅, 히말라야를 걷다

스리나가르의 하우스 보트 '마닐라'의 집안 식구들 모습이 정겹다.

달 호수의 수상 마을에서 재배한 채소와 꽃들이 선착장에서 거래되고 있다.

"오늘 밤에 천천히 생각해보고 내일 아침에 결정하겠다."

"아침 8시까지 결정해라. 그 이후에는 보장할 수 없다."

주인 사내가 나가자 어느새 해가 졌다. 하늘에 까마귀들이 떼 지어 날며 까욱까욱 울었다. 까마귀들은 흰 눈을 인 검푸른 산봉우리들을 향해 끝없이 날아갔다. 호수의 수면에 줄지어 떠 있는 하우스 보트들마다 불이 켜지기 시작했다. 하우스 보트의 불빛은 수면에 번져 아름다운 빛으로 찰랑였다. 그 빛을 깨뜨리며 저만치 노 저어 간 시카라에서 여자와 남자의 짧은 웃음소리가 들렸다. 그때 갑자기 울부짖는 듯한 소리가 수많은 확성기를 통해 사방에서 들려왔다. 스리나가르에 있는 여러 이슬람 사원의 확성기에서 울려 퍼지는 기도 소리였다.

한밤에 울린 요란한 총성

일찌감치 침대에 누워 잠들었다가 총소리에 놀라 깨어났다. 소총 소리와 함께 드르륵 드르륵 짧게 긁어대는 자동 소총 소리도 들렸다. 그리 멀지 않은 곳에서 유탄 튀는 소리, 유리창 깨지는 소리에 이어 고함 소리도 들렸다.

교전이다 싶어 이불을 끌어안고 침대 밑으로 들어갔다. 가슴이 쿵쾅거렸다. 시내에서 심심치 않게 총격전이 벌어진다는 이야기는 결코 거짓이 아니라는 생각이 들었다. 내일 새벽에 시내에 나가보는 일은 포기하기로 했다.

눈을 떠보니 여전히 침대 밑이었다. 밖에서는 총소리가 요란한데도 잠들어버린 것이었다. 창문으로 7월 6일의 여명이 어슴프레 스며 들어왔다. 사방에서 새 소리가 들릴 뿐 아주 고요했다. 살그머니 하우스 보트 발코니에 나가보았다.

호수 건너편 병영으로 수색을 마치고 돌아오는 군인들이 보였다. 야채를 실은 손수레를 끌고 시내로 들어가는 사람들도 보였다. 호수 위쪽에서는 시카라들이 야채를 싣고 호수를 건너오는 것도 보였다. 전쟁은 전쟁이고 생업은 생업이란 말인가. 호숫가는 믿을 수 없을 만큼 평온했다.

이윽고 동쪽 산 위로 해가 솟아오르자 수면에서 모락모락 김이 피어올랐다. 그 수면을 노 저어 오는 시카라가 있었다. 두 사람이 타고 있었다. 앉아 있는 사내는 노를 젓고, 서 있는 사내는 그물을 던졌다. 시카라가 하우스 보트 가까이 왔을 때 나를 호수 건너편 도로로 건네달라고 손짓으로 말했다.

그물 던지던 어부가 '텐 루피' 하고 소리 질렀다. 시카라에 오르자 어부는 아직 개시도 못했다는 흉내를 내며 빈 물고기 상자를 가리켰다. 그러고는 무어라고 알아들을 수 없는 말을 지껄였다. 개시도 못했지만 너를 건네주는 거다, 그러니 10루피도 사실은 싼 거다, 대충 이런 뜻이라고 해석했다.

고요하고 싱그러운 아침이었다. 햇빛을 받아 더욱 눈부시게 빛나는 흰 산봉우리 쪽에서 아주 맑은 바람이 불어왔다. 호숫가를 거닐며 야채를 실어 나르는 시카라들이 모여든 곳에 이르렀다. 시카라들은 토마토, 양배추, 무 등을 싣고 있었다. 그때 호화롭게 치장한 시카라가 내 앞으로 왔다. 어제 영국인 커플이 타고 유람을 나섰던 바로 그 택시 시카라였다. 늙었지만 강인하고 선량해보이는 사내가 '30분에 10루피' 라고 말했다.

사내는 내 뒤에 발을 뻗고 앉아 두 손으로 노를 젓고 나는 로마 황제처럼 길게 드러누워 전망을 즐겨야 했다. 그러고 싶어서 그런 게 아니라 좌석의 등받이 자체가 길게 누워야만 편안하게 생겼기 때문이었다. 시카라는 배들이 마을을 이루고 있는 곳으로 나아갔다.

물 위에 살림집이 있고, 잡화상이 있고, 목공소나 기념품 가게가 있으며 장도 서

천 년 순정의 땅, 히말라야를 걷다

택시 시카라 '야샤벨라' 와 함께
늙어 죽을 때까지 달 호수에서
살겠다는 시카라맨
마하마드 유슈바코르.

고 있었다. 배를 노 저어 장을 보고, 학교에 가며, 이발소에 가고, 마실도 다니는 수상 마을이었다. 농사도 배를 타고 가서 짓나 보았다. 아까 호숫가에서 본 채소들도 물 위에 있는 인공 섬에서 재배한 것이었다. 배에 앉아 깡통으로 호수 물을 퍼서 토마토 밭에 끼얹는 사람도 보였다. 배가 수상 마을을 벗어나자 노 젓는 사내가 내 등에다 대고 큰 소리로 말하기 시작했다.

"내 이름은 마하마드 유슈바코르다. 올해 쉰다섯 살이다. 어렸을 때부터 날마다 노를 저었다. 아주 작은 것부터 시작해서 지금은 이렇게 큰 것을 부린다. 이 택시 시카라 이름은 야샤벨라다. 나는 텁퍼맨이 아니다. 진정한 택시 시카라맨이다. 라이선스를 너에게 보여주겠다."

그가 내 어깨 위로 넘겨준 작고 두툼한 앨범 첫 페이지에 복사한 면허증이 있었다. 그 다음 페이지부터는 관광객들이 보내준 기념사진들이 들어 있었다. 아주 젊었을 때 사진도 있었다. 젊은 시절의 그는 배우 뺨치는 미남이었다. 이제는 많이 늙었지만 그의 깊고 푸른 눈은 예나 지금이나 아름답고 신비스럽다. 흔히 보는 예수 초상화의 눈과 거의 비슷했다. 독일인 홀거 케르스텐이 쓴 책 〈인도에서의 예수의 생애〉에 의하

스리나가르 달 호수의 주민들이
시카라로 이동하고 있다.
스리나가르에서는 1995년
여름에 6명의 외국인 관광객이
반정부군에 납치되어
살해됐는가 하면 폭탄 테러로
많은 인도인들이 비명횡사하는
사건이 터지기도 하였다.

면 예수는 이 지역에 체류한 적이 있다. 그리고 그와 그의 어머니 것으로 추정되는
무덤도 이 지역에 있다고 한다. 마하마드는 야샤벨라를 저어 연꽃이 가득 핀 곳으로
나를 데려갔다. 그러고는 노 젓기를 잠시 쉬면서 말했다.

"이 호수에는 600척의 하우스 보트가 있고 2,000척의 시카라가 있다. 너는 시카
라에서 먹고 자면서 여러 날 동안 환상적인 여행을 할 수도 있다. 한 사람당 하루에
400루피다. 그 앨범을 잘 보면 내가 손님들과 함께 배에서 식사를 하는 사진을 볼
수 있을 것이다. 독일인이 보내준 것이다."

그가 아름다운 저녁노을을 배경으로 독일인들과 식사하고 있는 사진에 등장한 시
카라는 내가 탄 야샤벨라보다 훨씬 크고 으리으리했다.

"이 사진의 시카라는 누구 것이냐?"

"내 것이다. 지금 우리 집에 있다. 가보겠느냐?"

시계를 보니 7시 30분이다.

"아니다. 나는 곧 레로 떠난다. 만일 내가 다시 스리나가르에 오면 꼭 당신을 찾겠다."

"그래라. 꼭 나를 찾아라. 누가 만일 내가 죽었다거나 다른 곳으로 이사 갔다고 해

천 년 순정의 땅, 히말라야를 걷다

도 믿지 마라. 나 마하마드 유슈바코르는 야샤벨라와 함께 언제나 이 호수에 있다."

마하마드는 뱃머리를 돌렸다. 그러나 하우스 보트 마닐라까지 금방 갈 수는 없었다. 기념품 상인들이 노 저어 와서는 뱃전을 붙잡고 놓지 않았다. 가죽 털모자를 사라는 자, 꽃씨를 사라는 자, 샤프랑(꽃의 수술만을 따서 말린 약재)을 사라는 자 등이 계속 성가시게 달라붙는 바람에 8시가 넘어서야 하우스 보트 마닐라에 도착했다.

마닐라의 식당에는 토스트와 계란 프라이 그리고 차 한 잔이 아침으로 준비되어 있었다. 식사가 끝나자 주인 사내가 와서 택시를 합승할 것인지 물었다.

"지금 당장 결정하지 않으면 다른 사람을 태우겠다. 어제 말했지만 50달러다. 그리고 네 우산을 다오. 네가 가는 곳에는 절대로 비가 오지 않는다. 가지고 다니면 짐만 되고 성가실 뿐이다."

"영국인 커플과 같이 가는 거냐?"

"물론이다. 어제 말했지만 그들이 네게 얼마에 합승했냐고 물으면 80달러라고 말해야 한다. 자, 결정했으면 지금 돈을 내라."

"우산은 지금 주지만, 돈은 택시에 짐을 실은 후에 주겠다."

"좋을 대로 해라."

주인 사내는 내 우산을 펼쳐 들고 하우스 보트 뒤쪽의 안채로 가서 그의 어머니 손에 우산을 들려주었다. 사내의 어머니는 우산을 펼쳤다 접었다 하며 몹시 기뻐했다.

11시가 되어서야 택시가 왔다. 택시를 타기 위해 호수를 건너는 시카라 안에서 영국 여자가 웃으면서 악수를 청했다. 싫건 좋건 앞으로 1박 2일 동안 동행할 처지가 되었으니 통성명이나 하자는 뜻이었다. 여자의 이름은 조, 남자는 마크라고 했다. 둘은 뒷좌석에 앉고 나는 조수석에 앉았다. 굴람이라는 이름의 택시 운전사는 얼굴에 마마자국이 심했다.

택시는 히말라야를 향해서 달렸다. 도로는 좁고 포장한 지 오래되어 비포장과 크게 다를 바 없었다. 그러나 차창으로 보이는 경치는 무척 아름다웠다. 그러나 곧 살벌하게 진을 치고 도로를 차단한 군인들이 나타났다. 검문은 끝없이 이어졌다. 차창으로 여권을 보여주면 통과되는 검문소가 대부분이었지만, 때때로 차에서 내려 검문소로 가서 통행자 기록부 같은 것에 이것저것 기록하지 않으면 안 되는 검문소도 많았다.

마크와 조의 신원을 그 기록부에서 대강 읽었다. 둘 다 런던에 주소를 두었다. 마크는 23세, 조는 29세. 마크의 직업은 코끼리 사육사, 조는 탁아모라고 기록되어 있었다.

3시쯤 소나마르그라는 곳에 도착했다. 마을은 흰 설봉에 둘러싸여 있고 마을 앞 넓은 평지에 수백 대의 트럭들이 줄지어 정차해 있었다. 대부분 라다크 지방에 주둔하고 있는 인도 군대의 보급품을 수송하는 트럭들이라고 했다.

차가 달릴수록 산세가 점점 험해졌다. 차는 심한 비탈길로 산을 에도느라고 안간힘을 쓰기도 했다. 오른쪽 차창 아래로 무시무시한 절벽이 이어졌다. 길가에 이 도로를 건설하다가 죽은 사람들의 명복을 비는 기념비들이 서 있었다. 또 그들을 위해 제사를 지내는 제단도 마련되어 있었다.

차가 전망 좋은 곳에 멈출 때면 영국 여자 조가 내게 기념 사진을 찍어달라곤 했다. 기념 사진을 찍을 때마다 조는 조그만 플라스틱 인형을 어깨에 얹었다. 왜 번번이 그 인형과 함께 찍느냐고 물어보았다. 조는 켈켈켈 웃으면서 대답했다.

"내가 돌봐주는 아주 귀여운 아이가 자기 대신 이 인형이라도 데려가달라고 했다. 그리고 기념 사진도 많이 찍어달라고 했다."

켈켈켈 잘 웃고 내가 권한 럼주를 단숨에 마시며 털털하게 구는 조가 좋았다. 그녀는 열흘 전에 처음으로 인도 땅을 밟았다고 했다. 지난 10년 동안 탁아모로 일하며 꿈꾸던 히말라야에 와 있어서 몹시 행복하다는 그녀는 라다크에서 2주일 정도 트레킹을 할 작정이라고 했다.

6시가 지나자 주위가 어두워졌다. 그러나 산봉우리의 흰 눈에는 아직도 햇빛이 비치고 있었다. 차창을 닫아야 할 만큼 바람이 차더니 이내 심한 한기가 느껴졌다. 뒷좌석의 마크와 조는 오리털 파카를 꺼내 입고 침낭까지 꺼내서 무릎을 덮었다. 그러나 나에게는 그런 장비가 없었다.

히말라야를 넘다

택시가 높다랗게 치솟은 얼음벽 사이로 난 고갯길에 올라서자 불도저 등 중장비를 동원한 인부들이 얼음을 깨뜨려서 길의 폭을 넓히는 게 보였다. 이 고개가 바로 히말라야 주능선을 넘어서는 조지 라(해발 고도 3,529미터)였다.

1964년, 이 고개의 도로 확장 공사 때 13명이 죽었다는 안내판이 서 있었다. 그리고 옆에 여러 개의 붉은 깃발이 펄럭이는 제단이 모셔져 있었다. 오늘 이처럼 많은 트럭들이 한꺼번에 이 고개를 넘어가는 이유는 거의 아홉 달 동안 눈과 얼음으로 막혔던 길이 며칠 전에야 겨우 뚫렸기 때문이었다. 1년 동안 쓸 식량과 연료 등을 실은 트럭들이 이 계절에 한꺼번에 몰린 것이다.

7시 30분에 해가 졌다. 양을 치는 집시들 천막에서 촛불이 너울거리는 게 보였다. 우리의 택시는 조지 라를 넘어 얼음물이 아우성치며 흐르는 계곡을 왼쪽에 끼고 달렸다. 히말라야 북쪽 고원지대를 흐르는 수루비야 강이었다.

추위를 이기려고 홀짝홀짝 마신 럼주의 취기가 도도해질 무렵 희고 검은 능선 위

소나마르그의 침엽수림. 산꼭대기에는
아직도 눈이 그대로 남아 있다.

로 달이 떠올랐다. 히말라야의 주능선을 넘어섰다는 뿌듯함과 은은한 달빛 때문에 취흥이 저절로 일었다. 문득 노래를 부르고 싶었다.

조지 라 바로 아래 마을인 소나마르그의 목부들이 초원으로 조랑말을 끌고 가는 중이다. 산비탈에는 녹다 만 지난겨울의 눈과 얼음이 그대로 남아 있다.

9시 30분에 드라스 마을 후방 검문소에 도착했다. 드라스(해발 고도 3,409미터)는 1910년 12월 28일 기온이 영하 40도까지 내려가 사람이 사는 전 세계의 마을 가운데 시베리아 다음으로 추운 곳으로 기록된 곳이었다. 한여름인데도 눈에 보이는 모든 산들이 새하얀 얼음으로 뒤덮여 있었다. 검문소 막사 안에는 기름 난로가 타고 있었고, 군인들은 모두 두터운 방한복에 두건까지 쓰고 있었다.

드라스 마을에 도착하자 밤 10시였다. 카르길까지는 아직 두 시간 남짓한 거리가 남아 있었다. 굴람이 우리를 길가에 있는 호텔 드림랜드로 안내했다. 말이 호텔이지 시골 장거리의 여인숙보다 더 허름한 2층 목조 건물이었다. 1층은 식당, 2층에 나무 침대가 있는 숙소가 셋, 변소는 그래도 두 칸이었다.

마크는 배탈이 심한데다 고산병이 와서 숙소에 도착하자마자 레몬 차 한 잔만 마시고 2층에 가서 누웠다. 굴람은 럼주를 한 잔 마시고 피곤하다며 숙소로 올라가버렸다. 조와 나만 남았다. 우리는 뜨거운 홍차에 럼주를 타 마시면서 노닥거렸다.

조는 직업이 어린이를 상대하는 탁아모이기 때문인지 내 서툰 영어를 잘 이해했다. 그리고 그녀의 영어는 아이와 대화하듯 쉬운 말로 천천히 하는 것이어서 알아듣기 쉬웠다. 사팔뜨기 눈을 만들며 혀를 내미는 등 우스운 표정도 곧잘 지었다. 스물 아홉이라는 나이에 비해 천진해보였다.

식당 한쪽에서 끄덕끄덕 졸고 있는 주인에게 미안해서 우리는 2층 복도에 올라와 작별했다. 세계에서 두 번째로 춥다는 마을 드라스의 호텔 방에는 난로가 없었다.

더러운 모포 속에 들어가 잔뜩 웅크린 채 밤새도록 덜덜 떨었다.

레에 가서 사려고 침낭을 준비하지 않은 것이 후회스러웠다. 굴람의 코 고는 소리는 엄청나게 커서 잠을 이룰 수가 없었다. 그래서 마크가 변소에 다녀오는 소리를 세 번인가 네 번 들었다.

인도를 배우는 비싼 수업료

7월 7일이 밝았다. 서울 떠난 지 6일째 되는 새벽이었다. 태양이 떠오르자 추위는 금방 물러갔다. 햇살은 그만큼 강렬했다. 우리는 호텔의 덧문에 기대어 따뜻한 햇볕을 쬐고 굴람은 자동차를 점검했다. 그때 해적처럼 생긴 건장한 서양 남자 두 명이 우리가 묵었던 호텔에서 자전거를 들고 나왔다. 어젯밤 우리 옆방에 투숙한 뉴질랜드 사람들이었다. 그들은 자전거를 타고 조지 라를 넘었다고 했다. 그리고 레를 거쳐서 마날리까지 계속 자전거로 간다고 했다.

6시 20분에 드라스를 떠났다. 레까지 284킬로미터가 남았다. 길가에 노랗게 꽃핀 유채 밭이 있었다. 국화도 있고, 이슬에 젖은 엉겅퀴도 보였다. 찔레꽃이나 해당화와 비슷한 꽃나무들도 있었다.

8시에 카르길(해발 고도 2,650미터)에 도착. 굴람이 차에 연료를 넣고 바퀴를 바꾸겠다고 했다. 몸이 많이 아픈 마크는 택시 뒷좌석에 쪼그린 채로 누워 있고, 조와 나는 시장거리로 나가 차에서 먹을 토마토와 체리를 샀다.

길에 나온 여자들은 검은 스카프로 얼굴을 가리고 있었다. 의식과 계율이 엄격한 시아shia파 회교도들이었다. 카르길을 지나서 굴람이 가리킨 산의 이름은 '바루'였다. 풀 한 포기 없는 민둥산이지만 유명한 사파이어 광산이 있다고 했다.

천 년 순정의 땅, 히말라야를 걷다

조지 라. 해발고도 3,529미터. 높다랗게 치솟은 얼음 벽 사이로 도로가 나 있다.
조지 라를 넘는 길은 1년 가운데 2~3개월만 통행이 가능하다.

옛날 야심만만한 정복자들이 히말라야를 넘어서 이곳까지 쳐들어온 이유가 이 사파이어 때문일지도 모른다는 생각이 들었다. 그들은 이곳 원주민들의 임금이나 라마승(절의 수도승)을 마왕으로 몰아 처단한 후, 백성들을 노예로 부려서 사파이어 광산을 개발했을지도 모른다.

10시 30분에 물벡이라는 마을에 도착했다. 길가에 마애불이 있는데 팔이 여럿 있는 미륵불이었다. 약 1,900년 전에 조성된 이 미륵불은 회교의 땅 캐시미르 지역과 불교의 땅 라다크 지역의 종교적인 분계선 역할을 한다고 했다. 나는 마침내 라다크 땅에 들어선 것이다.

제1장 스리나가르에서 라다크로

자줏빛 가사를 입은 승려들이 삽을 어깨에 메고 밭으로 일하러 가는 모습이 보였다. 거대한 골재 채취장을 연상시키는, 돌과 모래와 흙만 보이는 산 아래 손바닥만 한 밀밭과 유채 밭이 보였다. 이 고장은 1년 중 9개월이 겨울이며 경작이 가능한 6월부터 9월까지 3~4개월 동안은 비가 오지 않는 지역이다. 그래서 눈이나 빙하가 녹은 물이 흘러내리는 아주 먼 상류에서 물을 끌어와 농사를 짓는다.

이곳부터 길은 거대한 모래더미 사이로 뻗어가고 있었다. 동화 〈어린 왕자〉의 맨 마지막 삽화 같은 사막이었다. 사막 한가운데서 우리 차의 엔진이 툴툴대더니 시동이 꺼졌다. 시동이 꺼지자 무섭도록 고요했다. 바람 소리도 없었다. 새파란 하늘, 잿빛 모래사막!

지구가 아니라 어떤 다른 별에 와 있는 것 같았다. 옛날 정복을 일삼던 모슬렘들도 이 사막에 이르러서는 정적에 압도된 나머지 더 이상 전진할 엄두를 못 내지 않았을까.

이곳은 해발 고도가 4,094미터나 되는 파투 라. 스리나가르와 레 사이 고개 가운데 가장 높은 고개다. 차는 곧 다시 달렸지만 잠깐 동안 가슴을 파고든 무섭도록 고요한 정적은 오래도록 따라왔다.

오후 1시, 라다크 지역의 대표적인 불교 사원 중의 하나인 라마유르 사원이 멀리 내려다보이는 언덕에 도착했다. 해발 고도 7,000미터 전후의 험준한 능선들이 눈앞에서 거대한 파도처럼 출렁였다. 잔스카르 산맥과 히말라야 산맥이었다. 두 산맥이 뒤엉켜 이룬 웅혼한 전경을 바라보자니 그 산맥들 사이를 걸어보겠다는 나의 계획이 너무 무모한 것처럼 느껴졌다. 그러나 이상하게도 장차 내가 넘어야 할 고개들과 건너야 할 강 그리고 하룻밤 신세를 지게 될 마을과 사람들이 환영처럼 떠올랐다.

라마유르 사원 바로 위의 정류장에서 차는 잠시 멈추었다. 널찍한 마장으로 조랑말들이 돌아오고 있었다. 마부가 등에서 짐을 내려주자 조랑말들은 땅바닥에 드러누

천 년 순정의 땅, 히말라야를 걷다

사막 분지 문 랜드의 라미유르 사원, 군데군데 보이는
미루나무들이 이곳이 일종의 오아시스 마을임을 알려주고 있다.

위 먼지를 풍기며 등을 비벼댔다. 이제 막 트레킹에서 돌아온 조랑말들은 땀에 절고 짐에 눌려 털이 숭숭 빠진 등짝이 가려운 것이었다.

라마유르 정류장 한쪽에 버스가 있었다. 뭔가 짚이는 게 있어서 마침 차에 오르는 서양인 승객에게 물어보니 어제 아침 스리나가르에서 출발해 레로 가는 버스라고 했다. 승객이 적어서 빈 좌석도 많았다. 일주일은 기다려야 버스를 탈 수 있다고 했던 하우스 보트의 사내가 한 말은 새빨간 거짓말이었다.

"조, 우리는 속았다. 봐라, 저 버스는 어제 스리나가르에서 출발해 레로 가는 버스다."

"나도 방금 알았다. 그러나 기분을 상하고 싶지 않다. 그냥 수업료를 낸 셈 치자."

조의 말은 일리가 있었다. 사기를 당했다고 생각하기보다는 세상을 배우는 수업료를 냈다고 생각하는 것이 속 편한 일이었다. 더구나 돈은 하우스 보트 주인에게 주었으니 택시 기사 굴람에게 따져봤자 소용이 없었다.

잠시 후 문랜드Moon Land라는 이름의 분지가 보였고 차는 계곡을 향해 산비탈을 타고 지그재그로 내려가기 시작했다. 보기만 해도 무시무시한 벼랑이 오른쪽 차창 아래로 이어졌다. 동쪽 산 위에 상현달이 떠 있었다. 하늘이 너무 파래서 달은 밤에 보는 것처럼 뚜렷했다. 해가 남쪽 하늘에서 지글지글 타는데도 달이 저토록 선명하게 보이다니! 한문의 밝을 명明은 해와 달이 나란히 있다는 뜻의 상형문자라는 사실이 새삼스러웠다.

2시 넘어서 언덕을 다 내려와 칼시Khalsi라는 곳에 이르렀다. 인더스 강이 장쾌하게 흐르고 있었다. 인더스 강은 이곳에서 800킬로미터 동쪽에 있는 티베트의 카일라쉬Khailash에서부터 라다크 땅을 관통하며 흘러온다고 했다. 라다크가 티베트 문화권이며 서西 티베트 또는 작은 티베트라고 불리는 것도 바로 티베트와 라다크를 인더스

천 년 순정의 땅, 히말라야를 걷다

강이 이어주는 지리적 조건 때문이라고 했다. 칼시의 노점에서 점심을 먹고 4시 30분경 레 전방 59킬로미터 지점에 도착했다.

트럭 운전사들이 농업용 수로에서 목욕을 하고 있었다. 운전사들의 목욕하는 모습을 트럭 꼭대기에 앉아 아주 신기하게 쳐다보는 겨울옷 차림의 아낙네들이 바로 이곳 원주민 라다크 사람들이었다. 그녀들은 꼭 우리나라 6·25전쟁 때 피난민들처럼 보였다. 운전사나 조수로 보이는 사내는 자동차 튜브를 잘라 양쪽을 묶어서 만든 물주머니에 물을 담아다가 트럭 옆에 매달고 있었다. 낙타나 말에 소 오줌통으로 만든 물주머니를 매다는 옛 모습이 연상되었다.

다시 평원지대를 달렸다. 군부대를 지나고, 몇 개의 곰파(불교 사원)들을 지나자 마침내 레 공항이 보였다. 드디어 인더스 강 상류 해발 고도 3,500미터의 산중에 자리 잡은 옛 라다크 왕국의 수도 레에 도착한 것이다.

02

나는 가슴을 두근거리며 태극기가 걸린 천막을 찾아
나섰다. 이곳 라다크 땅에 한국 사람이라고는 오직 나밖에
없는 줄 알았던 게 우스웠다. K형을 만난 것만도 기가
막힌데 태극기를 게양한 천막이 있고 거기 또 다른 한국
사람들이 있다니……. 갑자기 힘이 나고 발걸음이 가볍다.

레에서 만난 동포들

황금빛 저녁 햇살이 옛 왕국을 물들이고 있었다. 라다크는 본래 불교를 국교로 하는 독립된 왕국이었으나 1947년 영국에서 독립한 인도와 파키스탄에 의해 분할 점령되었다. 스톡 산맥, 잔스카르 산맥, 히말라야 산맥이 남쪽에 겹겹이 가로놓여 있으며 카라코람 산맥, 곤륜 산맥, 천산 산맥 들이 또 북쪽을 첩첩이 차단하고 있다. 라다크는 유럽과 아시아 그리고 인도 대륙의 용마루에 새 둥지처럼 자리 잡고 있는 셈이다.

라다크는 작은 티베트로 불리는 만큼 언어, 예술, 건축, 의약, 음악 등이 티베트와 흡사하다. 특히 종교는 티베트의 대승불교가 주된 종교이고 티베트 망명 정부의 지도자 달라이 라마가 정신적 지주다. 수백 년 동안 라다크의 승려들은 티베트의 수도원에서 공부를 했고 물품과 사상의 상호 교류가 계속되었다. 이처럼 밀접한 문화적 접촉이 있었지만 19세기 중엽 힌두의 침략을 받기까지 거의 천 년 동안 독립적인 왕국이었다.

레 시내로 택시를 몰아가는 운전사 굴람이 숙소를 정했느냐고 물었다. 조는 파드마 게스트 하우스로 가자고 한다. 스리나가르에서 만난 영국인에게서 소개받은 곳이라고 한다. 파드마 게스트 하우스에 도착해서 물어보니 빈 방이 없었다. 이틀 후에 레 근교의 헤미스 곰파에서 축제가 열리기 때문에 수많은 외국인들이 몰려들어 레 시내의 웬만한 방은 동이 나버린 것이다.

이집 저집 헤매다가 결국 변두리 들판 가운데에 있는 '렁 스논 게스트 하우스'에 방을 정했다. 넓은 채소밭이 있고, 미루나무와 사과나무가 있으며, 검은 소가 있는 농가였다. 거실이 아주 인상적이다. 아름답게 장식한 커다란 주물 난로가 있고, 온갖 그릇을 진열한 찬장이 벽 한 면을 차지하고 있으며, 바닥에는 길쭉한 양탄자가 여러 장 깔려 있었다. 취사 및 난방용 연료가 워낙 귀한 고장이라서 기나긴 겨울 동안 온 식구가 이 거실에서 함께 기거한다는 것이다.

거실의 양탄자에 앉아서 우리는 버터 차를 마셨다. 버터 차는 네팔 고산지대에 사는 티베탄 난민의 집에서 마셔본 적이 있었다. 버터와 소금으로 만드는 버터 차는 그 맛이 곰탕이나 설렁탕 국물 같다. 저녁으로 모모 수프가 나왔다. 모모는 만두를 뜻한다. 우리의 만두국과 똑같다. 소나 돼지고기 대신 양고기를 쓰며 '고소'라는 비릿한 풀을 양념으로 하는 점이 다를 뿐이다.

어두워질 무렵 흐릿한 백열등이 켜진 2층 구석방에 올라와 침대에 몸을 던졌다. 창문을 열자 얼음을 띄운 위스키 같은 바람이 흘러 들어오고, 창 가까이 늘어선 키 큰 미루나무들은 머리를 흔들며 시냇물 흐르는 소리를 냈다.

그 나무들 사이로 새파란 하늘을 업은 스톡 산맥Stok Range의 흰 산등성이가 아주 멀리까지 내다보였다. 해발 5,000미터에서 6,000미터에 이르는 하얀 산들을 옆으로 누워 바라보았다. 산등성이 너머에서 이따금씩 조그만 구름이 넘어오는 것을 보다가 슬그머니 잠에 빠져들었다.

뒤숭숭한 잠에서 깼을 때는 어느새 한밤중이었다. 낮에 태양이 있을 때는 뜨겁지

왼쪽·왕궁 내부의 사원으로
통하는 문. 왕궁 건물에는 이런
형태의 문이 여러 개 있다.
오른쪽·레 시가지 북쪽 언덕에
자리 잡은 왕궁. 이제는
쇠락하여 언제 무너질지 모를
위기에 처해 있다.

만 해만 지면 금세 추위가 몰려들었다. 창을 닫고 양털로 짠 거적 같은 담요를 뒤집어쓰고는 다시 잠이 들었다.

얼마나 잤을까, 불현듯 숨이 막히고 심장이 멎는 것 같아 벌떡 일어나 창문을 열어젖히고 주먹으로 가슴을 치면서 심호흡을 했다. 심장 발작과 호흡 장애를 일으킨 것이다.

'심장마비가 아니다. 이건 그냥 고산병이다' 라고 가볍게 생각하려고 애써보았지만 곧 죽을 것 같은 공포감이 엄습했다. 심각한 공포에 휩싸여 찬바람을 들이마시며 바라보는 별들과 별빛 아래 푸르스름하게 빛나는 스톡 산맥은 저승 풍경처럼 기괴했다.

숨이 막히고 심장이 멎을 것 같은 증세는 이튿날(7월 8일) 아침까지 계속되었다. 가슴의 통증이 너무 심해서 민박집의 어린 하녀를 따라 병원에 갔다. 지팡이에 의지하여 간신히 걸음을 떼면서 찾아간 병원은 아주 허름했다. 그래도 인구 15만 명의 라다크 지역 전체에서 유일한 서양식 병원으로 진찰권이 1루피였다.

병원 복도에 쪼그리고 앉아 차례를 기다렸다. 환자가 많아서 언제 차례가 올지 기약이 없다. 몸이 괴로우니 트레킹이고 뭐고 다 글렀다는 생각이 들면서 빨리 하산하여 고국으로 돌아가고 싶어졌다.

내 옆에는 거지와 다를 바 없는 행색의 주민들이 수두룩하게 앉아 있었다. 환자는 한 명인데 같이 온 가족은 대여섯 명씩 되는 것 같았다. 보아하니 3대가 다 몰려온 일가족도 있었다. 할아버지가 두루마기 품에서 꺼낸 빵을 조금 잘라서 파리한 손자의 손에 쥐어주는 모습도 보였다. 가족에 둘러싸여 이동 침대에 실려가는 사내도 있었다. 아내인 듯한 여자가 링거 주사 병을 높이 쳐들고 뒤따르고, 어머니인 듯한 노파가 이불 보따리 같은 것을 들고 종종걸음으로 그 뒤를 따라갔다.

목숨 줄이 꽈배기처럼 한 올로 얽혀 있는 게 가족인가. 이역만리 타향, 사고무친의 땅에서 병원 신세를 지게 되니 새삼 가족이 그리웠다. 그리고 지금 나의 보호자가 된 민박집 하녀가 새삼 고마웠다. 비로소 이름을 물어보았다. 몹시 수줍어하며 '아무'라고 대답했다. 아무! 키가 아주 작고 얼굴에 헌 데가 많은 소녀.

한 시간 이상 기다린 끝에 내 차례가 되었다. 청바지에 점퍼 차림의 젊은 의사가 청진기를 대고, 혈압을 재고, 눈을 까보고, 전등으로 목구멍을 비추어보더니 이것저것 묻고는 처방전을 써준다. 짐작대로 고산병이라고 한다. 술과 담배를 금하라, 차를 많이 마셔라, 36시간 동안 움직이지 말고 침대에 누워 쉬라고 한다. 그리고 만일 36시간 이후에도 차도가 없을 때는 즉시 하산하란다. 의사는 비타민으로 보이는 약 여섯 알을 주면서 하루 두 알씩 먹으라고 했다. 의약품이 귀한 것 같았다.

숙소로 돌아오는 길은 병원에 갈 때보다 훨씬 힘겨웠다. 안 아프던 허리도 아팠다. 긴 오르막길 밑에서 아무가 지나가는 차를 세웠다. 운전사가 안면이 있는 사람인지 차비를 받지 않았다.

헤미스 곰파의 축제

온종일 침대에 누워서 미루나무 잎이 흔들리는 소리를 들으며 지냈다. 조와 마크는 파드마 게스트 하우스로 방을 옮겼다. 며칠이지만 함께 지내며 정든 그들이 떠난 게 몹시 허전했다.

누운 채 창 밖 미루나무 너머로 하얀 산을 바라보자니 외롭고 한심하기 짝이 없었다. 트레킹은 둘째고 내일부터 시작되는 헤미스 곰파의 축제도 못 보게 생긴 것이다. 그 축제를 놓치고 싶지 않아 너무 무리한 게 잘못인지도 모른다.

네팔에서도 고산병을 한 번 겪은 일이 있었다. 안나푸르나 트레킹 때 해발 3,500

제2장 레에서 만난 동포들

미터의 푼힐에서였다. 그때의 고산병은 고라파니로 내려섰을 때 씻은 듯이 사라졌다. 고라파니와 푼힐은 불과 200~300미터 차이였다. 의사 말대로 36시간이 지나도 고소 증세가 가시지 않으면 고도가 낮은 곳으로 내려갔다가 다시 올라올 생각을 해보았다.

누워 있기가 답답하고 하도 지겨워서 실내를 뚜벅뚜벅 걸었더니 아래층에서 하녀 아무가 버터 차를 가지고 올라온다. 그녀에게 빨래를 맡겼다. 땀과 먼지에 전 빨래를 한아름 안고 내려가면서 그녀는 더듬거리는 영어로 말했다. 걱정 말라고, 곧 괜찮아질 거라고, 처음에는 누구나 다 그렇다고…….

어두워질 무렵, 옥상에 올라가보았다. 겨울에 쓸 연료인 짐승의 똥을 주워 와서 말리고 있는 옥상이다. 수세식 변소와 샤워를 위한 조그만 물탱크가 있었다. 아무가 연료로 쓸 똥을 거두어 말리고, 동이로 물을 길어다가 물탱크를 채우는 수고만 하더라도 내가 내는 숙박비는 약소하다는 생각이 들었다.

다음날 새벽부터는 고산병 때문에 생긴 고통이 많이 줄어들었다. 누워 있기보다 살살 걸어보는 게 더 좋을지도 모른다는 생각에서 산책을 나섰다. 중심가로 오르는 비탈길을 가능한 한 천천히 걸어보았다. 이른 시간이라 다니는 사람들이 그리 많지 않았다. 길가 공동 수도에는 군용 스페어 캔에 물을 받는 아낙네들이 모여 있었다. 거기 아무도 있기에 "줄래" 하고 인사를 건넸다. 아무는 약간 당황한 듯했지만 수줍게 웃으며 "줄래" 하고 인사를 받았다. '줄래'는 라다크 인사말이다.

거리에 늘어선 기념품 가게와 식당들이 문을 열고 있었다. 가이드북에서 본 적이 있는 드림랜드 레스토랑에 들어가보았다. 문짝에 많은 메모 쪽지들이 붙어 있었다. 함께 트레킹을 할 사람을 구한다는 메모, 장비를 사거나 팔겠다는 메모 등이다. 이 메모판의 정보를 잘 이용하면 많은 도움이 될 것이다. 혹시나 해서 우리 한국 사람

천 년 순정의 땅, 히말라야를 걷다

헤미스 곰파의 승려가 가면 춤을 위한 옷을 갖춘 후 군중 앞에 나섰다.

레 시장통의 이른 아침. 아직 가게 문을 열기 전이어서 가게 앞에 노점상들이 나와 있다. 이들은 주로 채소를 판다.

의 메모를 살펴보았으나 없었다. 모두 서양인들이 남긴 메모였다.

식탁 여기저기에는 서양인들이 삼삼오오 짝지어 앉아 있었다. 차를 마시면서 편지를 쓰는 사람, 책을 읽는 여자, 히피 차림의 젊은이들이 음악에 맞춰 몸을 흔들기도 했다.

양고기와 야채 그리고 당면을 넣어 끓인 타루메인 수프를 한 사발 먹고서 얼른 나왔다. 서양 사람들이 가득한 실내 분위기가 왠지 어색했기 때문이다. 야채시장 골목에 서점이 있었다. 인도에서 만든 엉성한 트레킹용 지도와 그림엽서를 샀다. 침낭도하나 사려고 장비점을 찾아보지만 없었다. 네팔 카트만두의 타멜 거리처럼 장비점이즐비하리라고 믿었던 것은 확실히 잘못이었다. 트레킹 안내 업소들은 눈에 많이 뜨였다. 혼자 떠나기가 여의치 않으면 돈이 좀 들더라도 이런 업소를 이용할 수도 있겠다.

시장은 옛날 우리나라 장터 같다. 각종 버너를 수리하고 부속품을 파는 사람, 말린 살구를 자루에 넣어서 파는 사람, 장신구류와 빗과 매니큐어 들을 파는 좌판, 그릇 가게, 옷 가게, 호떡처럼 생긴 짜파티를 굽는 집 그리고 손금 보는 사람도 있었다. 양이나 염소를 도살하여 파는 고깃간에서는 금방 가죽을 벗겨서 김이 모락모락나는 양의 배를 가르고 있었다.

시장을 빠져 나오자 버스 터미널이다. 헤미스 곰파의 축제 때문에 터미널은 많은사람들로 북적거렸다. 버스마다 모두 만원이었고 지붕 꼭대기까지 사람이 앉아 있었다. 관광객들도 많지만 대개는 두루마기 같은 것을 입은 라다키(라다크 사람들)들이었다.

라다키들의 생김새와 표정은 우리와 흡사했다. 옛날 우리나라 시골 장터에서 흔히 볼 수 있는 그런 모습들이었다. 나도 그들 틈에 끼어 앉아 축제를 구경하러 가고 싶은 마음이 간절했지만 돌아서야만 했다. 여전히 숨이 차고 어지럽고 여기저기 뼈마디가 쑤시고 아팠다. 숙소로 돌아오는 길에 스리나가르에서 함께 온 택시 기사 굴람을 만났다. 그는 스리나가르로 갈 손님을 찾기 위해 이틀째 계속 레에 머무는 중이었다.

숙소에 돌아오자 여주인이 "줄래" 하고 인사를 하며 버터 차를 보온병에 담아 내준다. 고산병에는 버터 차가 좋으니 수시로 마시라는 배려였다. 순박하고 후덕한 인상을 지닌 그녀는 아직 본격적인 장사꾼이 아닌 것이다. 그녀의 아들 스탄진도 선량해 보였다. 올해 19세인 그는 잠무에 있는 대학에 유학 중인데 방학을 맞아 다니러 왔다고 한다. 그는 내일 아침 일찍 헤미스 곰파에 간다면서 만약 내가 원한다면 안내해주겠다고 웃으며 말했다.

태극기가 펄럭이는 천막

이튿날 아침, 몸이 많이 좋아졌다. 6시 40분에 민박집 아들 스탄진을 따라 헤미스 곰파로 가는 버스에 올랐다. 스탄진은 우리 옆 좌석의 라다크 처녀 두 명을 소개했다. 초등학교 동창생들이라는데 그 가운데 한 명은 붉은 가사를 입고 삭발한 여승이었다. 산골 처녀들이라 뺨의 살결은 거칠어보였지만 이가 틀니처럼 가지런하고 희다. 통속적인 말이 되었지만 '순정' 같은 것이 느껴지는 그녀들과 동행하는 게 흐뭇했다.

젊은 여승이 내게 부디스트(불교 신자)냐고 물었다. 불교 신자는 아니지만 불교를 좋아한다고 대답했다. 스리나가르에서 레로 오는 택시에서 영국 여자 조가 내게 부디스트냐고 물었을 때도 나는 그렇게 대답했었다.

천 년 순정의 땅, 히말라야를 걷다

고등학생 때 나는 효봉 스님 일대기를 읽고 크게 감명을 받아 승려가 되려고 가출했었다. 나도 효봉 스님처럼 3년 동안 엿장수로 방방곡곡 떠돌다가 절에 들어갈 생각이었다. 청계천 고물시장에서 엿가위를 사서 가방에 넣고 서울역에 나갔다가 외삼촌에게 붙들려 집으로 돌아왔었다. 그러나 나는 또다시 가출했고, 가출할 때마다 며칠 못 가서 붙들려 왔다.

내게는 중·고등학교 때 사진이 몇 장밖에 없다. 내가 가출할 때마다 내 앨범의 사진을 떼어서 전국 경찰서로 보냈기 때문이다. 결국 출가는 포기하고 불교 대학에 들어가고 싶었는데 부모님의 만류로 결국 뜻을 이루지 못했다.

버스는 인더스 강을 거슬러 올라갔다. 강가의 병영에서 군인들이 아침 체조를 하고 있었다. 무당집처럼 집집마다 깃발이 펄럭이는 티베탄 난민촌을 지나 버스는 인더스 강의 다리를 건넜다. 그리고 언덕 위에 헤미스 곰파가 보이는 정류장에 섰다.

정류장부터 헤미스 곰파에 이르는 길가에는 숱한 천막들이 늘어서 있었다. 임시 숙소와 식당, 기념품 가게, 옷이나 신발이나 장신구를 파는 천막들이다. 헤미스 곰파를 향해 꾸역꾸역 걸어가는 사람들의 모습이 정겨웠다.

강릉 단오장에 가는 할머니들이 한복을 입듯이 이 사람들도 나름대로 전통 의상을 차려 입고 온갖 장신구로 치장을 했다. 두루마기 비슷한 옷 위에 양털을 망토처럼 두른 할머니들도 많았다. 이들이야말로 이미 사라진 옛 라다크 왕국의 마지막 백성들인지도 모른다.

헤미스 곰파는 라다크에서 가장 크고 훌륭하며 중요한 사원이다. 특히 1887년 러시아 학자 니콜라이 노토비티가 이곳 헤미스 곰파에서 예수에 대한 기록을 찾아냈다는 설 때문에 서양에서도 유명한 사원이 되었다. 그 기록에는 예수가 이곳 히말라야 일대에서 불교를 공부했다는 내용이 담겨 있다고 한다.

제2장 레에서 만난 동포들

헤미스 곰파 축제에 모인 라다크 아낙네들.
이들의 모습에는 불과 50년 전 우리나라 여인들의 모습이 고스란히 담겨 있다.

헤미스 곰파 축제의 깃발 아래 모인 라다크 군중들. 이들 중에는 오직 이 축체에
참석하기 위해 먼 산악지방에서 일주일 또는 보름씩 걸어서 온 사람들도 아주 많다. 이 축제는
단순한 놀이가 아니라 고명한 스님의 법문을 듣고 축원을 받는 등 중요한 종교 행사다.

'참'이라는 가면 춤이 벌어지고 있는 곰파의 마당은 구경꾼들로 꽉 차 있었다. 그 중에는 서양 사람들도 굉장히 많았고 나와 비슷한 동양 사람들도 섞여 있었다. 곰파의 마당에 들어서자마자 마주친 두 명의 동양 사람. 그 가운데 한 명이 눈을 동그랗게 뜨고 말했다.

"아니 이게 누구야?"

카메라를 주렁주렁 매달고 있어서 땅딸해보이는 다부진 사내. 그는 십 수 년 전부터 알고 지내는 사진작가 K형이었다. 해외 촬영이 잦아서 한국에서도 만나기 어려운 K형을 이 먼 곳에서 만나자 얼마나 반가운지 인사말이 제대로 떠오르지 않을 정도였다. 같이 온 사람은 일본 게이오 대학의 민속학자 노무라 선생. 그들은 일주일 전에 취재차 이곳에 왔다고 한다.

나는 민박집 주인 아들 스탄진 일행을 먼저 보내고 K형 옆에 앉았다. 은산 별신제, 강릉 단오제, 서해안 풍어제 등등의 굿판에서 함께 지냈던 시간들이 주마등처럼 스쳐간다.

곰파의 마당 한가운데서는 여전히 가면 춤이 벌어지고 있었다. 땅에 늘어뜨리고 부는 긴 나팔 두 개와 징 소리에 맞춰 해골이 장식된 가면을 쓴 승려들이 느리지만 묵직한 춤을 추면서 마당을 돌았다. 그들은 마당을 대여섯 바퀴 돈 후에 발로 땅을 쿵쿵 밟았다.

가면 춤이 끝난 후 승려들은 법당 안으로 들어갔다. 구경꾼에 섞여 우리도 따라 들어가 보니 승려들이 신도들에게 축원을 해주고 있었다. 축원을 받는 사람들은 대부분 라다크 사람들이지만 더러 서양 사람들도 있었다.

법당 안은 축원을 받는 사람들과 구경꾼들로 아수라장이었다. 돌과 흙과 나무로 지은 집이라서 먼지가 가득했다. 기관지가 약한 나는 자꾸 기침이 나서 먼저 곰파

천 년 순정의 땅, 히말라야를 걷다

밖으로 빠져 나왔다. K형은 내게 곰파 위쪽으로 가면 태극기가 걸린 천막이 있으니 거기에 가 있으라고 했다.

"태극기라니요?"

"가보면 알아. 거기 가면 우리나라 사람들이 여러 명 있을 거야. 아니면 이따 우리 호텔로 와."

형은 호텔의 약도를 그려준다. 만일 태극기가 걸린 천막에서 못 만나면 6시쯤 호텔에서 만나기로 했다.

나는 가슴을 두근거리며 태극기가 걸린 천막을 찾아 나섰다. 이곳 라다크 땅에 한국 사람이라고는 오직 나밖에 없는 줄 알았던 게 우스웠다. K형을 만난 것만도 기가 막힌데 태극기를 게양한 천막이 있고, 거기 또 다른 한국 사람들이 있다니……. 갑자기 힘이 나고 발걸음이 가볍다.

곰파 뒤 개울 건너 산비탈에 임시로 들어선 천막촌에서 태극기가 걸린 천막을 찾기란 그리 어렵지 않았다.

"어서 오세요."

천막에서 나를 맞이한 사람은 머리와 수염이 길다. 코와 이마의 살갖은 햇빛에 그을려 벗겨져 있다. 마치 거지 대장 같은 모습이다.

"조금 빨리 오시지! 이제 막 부침개 해 먹고 치웠는데. 가만 있자, 막걸리 좀 남았나 몰라……."

'중입네 하는 아상我相을 버리려고 비승비속非僧非俗으로 인연 따라 떠돌아다닌다'는 M 스님이다. 인도에 온 지 7개월이 되었는데 몇 달 동안 다람살라에서 살다가 우기를 피해 라다크 땅에 들어왔다고 한다.

잠시 후, 머리카락을 허리까지 기른 사람이 텐트로 들어섰다. 몰골이 M 스님보다

'참' 축제를 보기 위해 해미스 곰파로 가는 주민들. 긴 돌담의 돌은 그냥 돌이 아니라
하나하나마다 불교의 '진언'을 새긴 것들이다.

나을 게 없다. 역시 거지 대장이다. 이 사람의 이름은 '무진'이라고 했다. 인도를 방랑한 지 여러 해 되었다고 하는데 역시 승려처럼 느껴진다. 반가우면서도 두려운 이두 고참 여행자들과 '내일 또 보자'는 말로 작별 인사를 나누고 레로 돌아왔다.

야단법석

저녁 6시. K형이 묵는 스칼장 호텔. K형은 호텔 마당의 살구나무 밑 탁자에 반 병쯤 남은 위스키를 올려놓았다.

"한잔 해야지."

"괜찮을까요?"

나는 병원에 다녀온 이야기를 하며 망설였다.

"술꾼이 왜 이래? 괜찮아!"

K형은 아주 당연하다는 듯이 내 잔에 술을 부었다. 노무라 선생이 말했다.

"그동안 저한테 술 상대 안 해준다고 얼마나 심술을 부렸는지 몰라요. 이제 유명한 주당 한 분이 나타나셨으니 저는 얼마나 다행입니까."

노무라 선생은 전공이 한국 민속학이며 부인도 한국인이라고 한다. 그러니 우리말이 유창할 수밖에 없다. K형과 노무라 선생은 약 1개월 동안 레 주변의 각 곰파들을 자세히 답사할 계획이라고 했다.

이런저런 담소를 나누며 우리는 위스키를 세 병이나 마셨다. 오랜만에 긴장을 풀고 흠뻑 취해본 것이다. 우리는 다음날 헤미스 곰파의 태극기 천막에서 다시 만나기로 하고 헤어졌다.

7월 11일 새벽. 어제 과음한 탓에 몸이 찌뿌드드했다. 그러나 곧 죽을 것 같은 고

천 년 순정의 땅, 히말라야를 걷다

전통 복장을 한 라다키들이 레의 시장에서 물건을 흥정하고 있다.

통이 없는 것을 보면 고소에 어느 정도 적응력이 생긴 것 같다. 숙소에서 차와 짜파티로 요기한 후 가게에서 인도 라면 10개를 사 들고 버스 정류장으로 나갔다. 정류장은 여전히 혼잡했다. 마침 헤미스로 간다는 트럭이 있어서 짐칸에 쭈그리고 앉았다. 흐린 하늘에서 간간이 빗방울이 떨어졌다.

오늘은 전날보다 사람이 더 많았다. 라다크 주민들이 신처럼 떠받드는 링포체(환생한 승려)가 오는 날이기 때문이다. 링포체는 오늘과 내일 이틀에 걸쳐 야단법석野檀法席에서 법문을 펼친다고 했다. 헤미스 곰파 주변은 라다크의 불교도들과 구경꾼들 때문에 그야말로 야단법석이다.

헤미스 곰파 건물 안에 잠깐 들어갔다가 나와서 곧장 태극기 천막으로 가보았다. 어제 처음 만난 스님과 무진 선생 말고도 한국 사람이 두 명이나 더 있었다. 구레나룻이 탐스러운 허 선생과 미스 유다.

제각기 떠난 한국 사람들이 히말라야 북쪽 오지에서 한 날 한 시에 모였다는 것은 보통 인연이 아니다. 마침 K형과 노무라 선생도 도착하자 허 선생은 김치를 담그고 미스 유는 부침개를 부쳤다. 무진 선생은 라면을 끓이기 시작했다.

"국수 삶고, 전 부치고, 이거 잔치네! 잔치에 술이 빠지면 쓰나? 내가 가서 막걸리를 좀 사오지요."

누군가가 마을로 내려갔지만 빈손으로 돌아왔다. 술 파는 민가의 문이 잠겨 있다는 것이다. 이번에는 내가 내려가 천막 식당을 뒤졌다. 여기저기 수소문해보았지만 역시 없었다. 내친 김에 택시를 타고 강 건너 부대 앞 식당까지 가보았다. 마침 인도 군납용 럼주가 두 병 있다.

텐트에 돌아오자 K형이 "과연 술꾼은 다르다"고 말하며 웃는다. 술판이 무르익자 인도에서 보고 들은 경험담들이 우르르 쏟아져 나온다.

천 년 순정의 땅, 히말라야를 걷다

나는 잠무에서 스리나가르로 오면서 하우스 보트를 선금 150루피 주고 예약한 이야기와 스리나가르에서 총소리에 놀라 레까지 50달러에 우산까지 얹어 주고 택시를 타게 된 경위를 말했다. 그러자 K형이 "에이 바보……" 하며 웃었다.

K형과 노무라 선생은 해 지기 전에 레로 돌아가고 나는 텐트에 남았다. 비가 내리자 천막에서 비가 떨어졌다. 비가 새서 어떻게 자겠느냐고 걱정하자 무진 선생이 알려주었다. 히말라야가 남쪽에서 북상하는 비구름을 차단하기 때문에 이곳 라다크 지역은 여름에도 비가 거의 오지 않으며, 오더라도 잠깐 뿌리다 만다는 것이다.

"지금쯤 다람살라는 우기에 접어들었겠네요. 아마 장대 같은 비가 하루 종일 주룩주룩 내릴 겁니다."

"그건 왜 그렇습니까."

"다람살라는 히말라야 남쪽 기슭에 있어요. 북상하던 비구름이 히말라야에 부딪쳐서 폭우가 되는 겁니다. 한 달 이상 비가 와요. 저도 사실은 그 비를 피하기 위해 이쪽으로 넘어왔습니다."

무진 선생은 다람살라에서도 여러 달 살았다고 한다. 나의 히말라야 트레킹 계획을 말하니 다람살라에 사는 우리나라 스님 한 분도 해마다 보름 정도씩 트레킹을 했다고 한다.

"마날리 근처에서 시작해서 파담까지 한 걸로 알고 있어요. 그 스님의 경우는 그게 수행의 한 방법이겠지요. 조랑말 한 필과 마부 한 명 구해서 식량을 싣고 날마다 걸었답디다. 김 선생도 그 마음 변치 마시고 꼭 한 번 해보세요."

"그걸 하려고 왔지만 막상 엄두가 안 납니다. 혼자서는 아무래도 어려울 것 같아요. 누구 같이 하실 분 안 계세요? 무진 선생님은 어떠세요?"

"글쎄요, 저는 당분간 여기 어디 조용한 데 방 얻고 좀 쉬렵니다."

술병을 기울일 때마다 밤은 깊어갔다. 오줌을 누러 밖으로 나와 보니 어느새 비는 그치고 하늘에 주먹만 한 별들이 촘촘히 박혀서 빛나고 있다.

종일 침대에 누워 반성하다

새벽에 한기가 느껴져 잠에서 깨어 보니 무진 선생은 잠자리에서 일어나 앉아 있었다. 그런데 앉음새가 예사롭지 않았다. 명상이나 좌선 비슷한 것을 하는 것 같았다. 그를 방해하고 싶지 않아 그대로 누워 있기로 했다.

어제 담근 김치를 반찬으로 아침밥을 먹고 산꼭대기 위에 올라갔다. 용변 볼 곳을 찾는데 온통 똥밭이어서 발 디딜 틈이 없었다. 간신히 한 군데 찾아내 쭈그리고 앉으니 산 아래에는 어느새 또 야단법석이 벌어지고 있었다. 링포체가 법석에 앉아 있는 모습이 보였다. 이제 곧 법문을 시작할 모양이다. 라다크 주민들이 법석을 중심으로 사방에서 새까맣게 몰려들고 있었다.

천막은 오후에 철거한다고 했다. 나는 몸이 아프다는 핑계로 철거하는 일을 거들지 않은 채 오전에 레로 돌아왔다. 사실 몸이 아팠다. 연 이틀 과음한 탓에 설사에 감기까지 겹쳤다. 숙소 침대에 누워서 종일 이것저것 반성했다.

술과 담배를 삼가자.
될수록 동포들과 섞이지 말자. 긴장이 풀려서 의지가 약해진다.
고소 적응이 됐으니 트레킹 준비를 하자.
조와 마크의 트레킹 계획을 들어보자.
잘 있다는 편지를 쓰자.

천 년 순정의 땅, 히말라야를 걷다

스톡 산맥을 배경으로 한 라다크의 수도 레 전경. 마카밸리는 스톡 산맥 너머에 있다.

　이튿날 스리나가르에서 레까지 택시를 같이 탔던 영국인 커플 조와 마크가 머무는 파드마 게스트 하우스를 찾아갔다. 그들은 마침 잔디밭에 탁자를 내놓고 일광욕을 하면서 차를 마시고 있었다. 처음 레에 도착했을 때는 거의 중환자에 가깝던 마크는 언제 그랬냐는 듯이 명랑해졌다. 반바지에 티셔츠 차림으로 선글라스를 끼고 일광욕을 하고 있는 조는 전보다 훨씬 아름답게 보였다.

　"김, 반갑다. 고산병으로 고생한다더니 좀 어떠냐?"

　"이젠 좋아. 마크, 너도 좋아졌구나! 설사는 멎었냐?"

　"아직 그저 그래."

　"트레킹 계획은 세웠냐?"

제2장 레에서 만난 동포들

"그래, 방금 의논을 끝냈다. 사흘 뒤에 떠날 예정이다."

이들은 이곳 파드마 게스트 하우스의 주인 아들 조르의 주선으로 팀을 묶었다고 했다. 약 예닐곱 명이 8일 동안 마카밸리를 트레킹하는데, 1인당 하루 500루피 정도를 내면 말과 마부, 심부름꾼과 안내인까지 따라다니면서 숙식을 제공한다는 것이다.

만만치 않은 비용이지만 나도 동행하고 싶었다.

"나도 좀 끼워줄 수 없냐?"

"우리 둘이 결정할 수는 없다. 내일 팀이 다 모이면 한번 의논해보겠다."

"김, 나도 너를 끼워주고 싶다. 열심히 설득해보겠다. 그러나 한 사람이라도 반대하면 어렵다. 그러니 너무 기대하지는 마라."

조는 진심으로 나를 끼워주고 싶어 하는 것 같았다. 나는 우선 그 사실이 기뻤다.

"고맙다. 만약을 위해서 나도 달리 알아보기는 하겠다."

내친 김에 트레킹을 주선했다는 조르도 만나려고 했으나 출타 중이라고 조르의 사촌 여동생 돌마가 말했다. 돌마와는 구면이다. 레에 도착한 첫날 방을 구하려고 이 집에 왔다가 만났다.

돌마네 집도 내가 묵고 있는 집과 구조는 같다. 그러나 마당이 좀더 넓고 시내에 가까우며, 활기가 넘친다. 물론 트레킹에 대한 정보를 얻기도 훨씬 유리하다. 그래서 애초부터 이 집에서 묵으려고 했던 것이다.

"돌마, 아직도 방이 안 났냐. 나는 빨리 이 집으로 옮기고 싶다."

"마침 내일 싱글 룸이 하나 빈다. 조와 마크네 옆방이다."

1층 남향의 아담한 방이었다. 마음에 들었다.

환전을 하려고 은행을 찾아가는 길에 무진 선생 일행 네 명을 만났다. 무진 선생은 암달러상에게 가서 환전하는 게 이익일 거라고 말했다. 허 선생의 도움으로 암달

천 년 순정의 땅, 히말라야를 걷다

러상을 찾아가 환전한 후 동포들과 점심을 먹기로 한 '티베탄 후렌즈 레스토랑'에 갔다. K형과 노무라 선생도 왔다. 레 땅에서 한국 사람 입맛에 가장 맞고 값도 싼 식당이 바로 이 식당이라면서 무진 선생은 내게 '띤뚝'이라는 음식을 권한다. 띤뚝은 바로 우리 수제비와 똑같은 음식이다. 또 이 집에는 양고기를 매운 고추와 함께 볶아서 녹말가루를 풀어 넣은 수프 '머튼 칠리'도 있었다.

이 점심은 어젯밤 헤미스의 태극기 걸린 천막에서 함께 잔 동포들의 송별회이기도 하다. 내일이면 무진 선생만 남고 스님은 스리나가르 쪽으로, 허 선생과 미스 유는 마날리 쪽으로 뿔뿔이 떠나기 때문이다. K형 일행도 내일부터 일주일 예정으로 라마유르 곰파의 축제를 보러 떠난다고 했다.

점심을 마치고 레 시가지 북쪽에 있는 우리나라 절 대청보사의 대암 스님께 인사 드리러 간다는 동포들과 작별했다.

7월 14일 오전에 파드마 게스트 하우스로 짐을 옮겼다. 그러나 방이 오후에나 빈다고 한다. 화가 났지만 그건 돌마의 잘못이 아니었다. 오전에 방을 비우기로 한 사람이 마음을 바꿔 오후에 비우겠다는 데는 방법이 없기 때문이다. 할 수 없이 짐을 돌마네 거실에 들여놓고 시장 거리로 나갔다.

사고방식의 차이

트레킹을 하려면 우선 침낭과 방한복이 필요하다. 마땅한 침낭이 없었다. 그러나 방한복은 마음에 썩 드는 것이 있었다. 골목 어귀의 벽에 걸어놓고 파는 구제품이지만 내 몸에 꼭 맞았다. 속에 스웨터 하나만 받쳐 입으면 기온이 영하로 떨어져도 견딜 수 있을 것 같았다. 300루피 주고 사서 돌마에게 세탁을 맡겼다.

헤미스 곰파의 괘불과 그 아래 모여 마냥 행복해하는 라다키들.

방이 빈 후 짐을 옮겨 정돈하고, 침대에 누워서 한숨 자고 나니 저녁 시간이었다. 돌마네 거실에서 저녁을 먹고 있는데 조와 마크가 돌아오더니 조가 밝은 얼굴로 말했다.

"다들 동의했다. 네가 끼면 우리가 하루에 30루피씩 절약된다고 다들 좋아하더라. 한 사람이 하루에 470루피씩 내기로 했다. 하지만 우리는 좀더 깎아볼 작정이다. 돌마의 오빠 조르가 오면 더 자세한 이야기를 해줄 거다."

"고맙다. 술 한잔 사고 싶다. 시내로 나가자."

"오늘은 피곤하다. 다음에 하자."

이때 마침 돌마의 오빠 조르가 들어왔다. 키가 크고 건장한 사내였다. 그는 자못 심각한 표정으로 "문제가 하나 있다"고 말했다. 세 쌍의 남녀와 나까지 모두 일곱 명이 가는데 현재 준비된 텐트는 2인용 텐트 3동이므로 한 동을 더 구해야 한다는 것이다. 나름대로 최대한 노력해보겠지만 트레킹 시즌이라 쉽게 구하기 어렵다는 이야기였다.

이번에는 내가 물었다.

"마부들과 안내인과 심부름꾼은 어디에서 자는가?"

"그들의 텐트에서 잔다."

"만일 내 텐트를 못 구하면 그들 텐트에 끼어 자겠다."

옆에서 차를 마시던 마크가 킥킥 웃으며 물었다.

"김, 너 정말이냐?"

조롱하는 투였다. 내 얼굴이 빨개지자 눈치 빠른 조가 조르에게 말했다.

"조르, 넌 꼭 텐트를 구해야 한다. 김이 마부들과 잔다는 건 순전히 농담이다."

"알겠다. 열심히 구해보겠다."

조르가 나간 뒤 내가 조에게 말했다.

제2장 레에서 만난 동포들

"스무 살 무렵 나는 일 년 동안 산에서 소를 방목한 카우보이였다. 왕년의 카우보이가 마부의 텐트에서 자는 게 뭐가 우습냐?"

"웃어서 미안하다. 네 입장을 이해한다. 그러나 우리들 사고방식으로는 웃을 수밖에 없다."

마크도 뭐라고 거들었지만 모르는 단어를 너무 빨리 말해서 알아들을 수 없었다. 하지만 사람 좋게 웃으며 내미는 마크의 손을 잡아주고 방으로 돌아와 혼자가 되니 새삼 무안했다.

스무 살 무렵 내가 1년 동안 산에서 소를 방목한 카우보이였다는 건 사실이다. 좀 더 정확하게 말하자면 스무 살이 아니라 열아홉 살이었고, 1년이 아니라 8개월이었던 것만이 사실과 좀 다를 뿐이다. 그때 나는 대학을 다니다 말고 울음산 안덕재 미군 사격장 부근에 있었던 아버지의 목장에서 다른 네 명의 목동들과 함께 300마리의 한우를 방목했다. 사격장에서는 한 달에 약 일주일만 사격훈련을 했기 때문에 나머지 3주일은 소 떼를 몰고 들어가 풀을 먹일 수 있었다.

목동으로 일할 그 당시에는 몹시 권태스러웠고 또 앞날이 한심하게만 여겨졌다. 그래서 다시 대학으로 돌아갔지만, 다시 생각해보면 소 떼와 더불어 산에서 지내던 그 시절이 너무나 그리웠다.

7월 15일, 어머니 꿈을 꾸다가 깼다. 새벽 4시 30분이다. 머리맡 창 밖에서 참새 지저귀는 소리가 들렸다. 닭 우는 소리도 들리고 주방에서 아침 준비하느라고 달그락거리는 소리도 들렸다. 학창 시절, 서울에서 하숙을 하다가 시골집에 돌아와 자고 일어난 새벽 같다. 그립고 아쉬운 그 추억을 더듬으며 침대에서 뒤척이다가 5시 30분에 숙소를 나섰다. 하늘은 잔뜩 흐려 있었다. 왕궁과 곰파가 있는 산봉우리를 향해 걸었다. 고소 적응 정도와 체력을 시험해보려고 일부러 열심히 걸었다.

천 년 순정의 땅, 히말라야를 걷다

왕궁 꼭대기의 곰파에
사는 어린 승려. 라다크의
가정에서는 형제 중
한두 명을 승려로 보낸다.

　'왕궁 가는 길' 이라는 팻말을 따라 골목으로 접어들자 올망졸망한 기념품 가게가
이어지다가 주택가로 접어들면서 비탈길이 나왔다. 염소나 양들의 분뇨와 개숫물 때
문에 길바닥이 질척질척하지만 우리네 달동네처럼 진득한 정이 느껴지는 골목길이
었다. 문득 일본 가이드북의 한국판에서 읽은 한 대목이 생각났다. 이 골목 어느 전
봇대 옆에 서민들을 위한 아주 초라한 주막집이 있다고 해서 구멍가게에 물어 그 선
술집을 찾아냈다. 너무 이른 탓인지 문이 안에서 잠겨 있어서 내려올 때 들러보기로
하고 계속 비탈을 올랐다.

　이윽고 산비탈 저만치 궁전이 보이고, 궁전 밑 언덕에 쭈그리고 앉아 있는 사람들
도 보였다. 뒤 보는 사람들이었다. 밑 씻을 물병을 옆에 놓고, 턱을 고이고 앉아 해
가 솟아오르는 산을 바라보는 사람들 주변에는 개들이 어슬렁거리고 있었다.

　'왕궁 가는 길' 은 딱딱하게 굳어서 나뒹구는 변 사이를 지그재그로 감돌며 이어져
있었다. 멀리서 우러러볼 때는 제법 웅장하다고 느꼈는데 막상 올라가 보니 왕궁은
폐허에 가까웠다. 게다가 흙과 나무와 돌로 지은 건물이라 금방 무너질 듯 위태로워
보였다. 벽이나 기둥에는 영문 낙서가 휘갈겨져 있고, 미로처럼 뒤얽혀 있는 내부의

통로는 금방이라도 어디에선가 귀신이 튀어나올 듯 어둡고 음산했다.

어린 라마(승려)의 안내로 찾아 들어간 기도실에는 여러 개의 촛불이 타오르며 괴물이나 짐승 형상을 한 여러 개의 탈과 부처님을 희미하게 비춰주고 있었다. 어둠이 눈에 익자 좌우 벽에 마련된 책장에 금방 바스러질 듯한 낡은 경전들이 빼곡히 쌓여 있는 것이 보였다.

왕궁 위쪽의 곰파로 올라가보기로 했다. 풀 한 포기 없는 민둥산 사이로 난 비탈길을 숨차게 걸어서 당도한 곰파에는 기도문을 적어놓은 타르초(기도문이 인쇄된 깃발)들이 축제에 내걸린 만국기처럼 펄럭이고 있었다. 곰파 역시 곧 허물어질 듯 위태로운데, 무슨 신통력으로 이렇게 아슬아슬하게 버티고 서 있는가 싶을 정도였다.

대웅전에 들어가 보니 거대한 미륵불 입상이 모셔져 있었다. 꿈에 뵌 어머니가 생각나서 불전을 놓고 세 번 절한 후 잠시 앉아 있다가 나왔다. 곰파 마당에 펄럭이는 타르초 너머로 레 시가지가 한눈에 들어왔다.

그 옛날 왕국의 전성기에 울려 퍼졌을 나팔 소리는 새파란 하늘 멀리 아득하게 사라져버렸다. 신들의 모습으로 치솟아 있는 하얀 산봉우리들만 침묵한 채 옛 왕국을 내려다보고 있었다. 하얀 산봉우리들은 스톡 산맥이고 바로 그곳 너머가 마카밸리다. 이제 내일이면 저 산 너머로 떠난다는 사실이 뿌듯했다.

내려오는 길에 아까 알아두었던 선술집 문을 두드렸다. 2층 창문이 열리고 노파가 얼굴을 내미는 것을 본 내가 "줄래" 하고 인사를 건네자 "줄래, 줄래" 하고 대답한다. 영어가 전혀 통하지 않는 노파다. 주먹을 쥔 후 엄지손가락을 펴서 입대 대고 술 마시는 흉내를 냈더니 문을 열어주었다. 계단 위에서 흰 복슬 강아지가 꼬리를 흔들며 낯선 손님을 반겼다.

술청은 노파의 거실과 침실을 겸하는 듯했다. 한쪽에 침대가 놓여 있고 침대 밑에

천 년 순정의 땅, 히말라야를 걷다

는 벽을 따라 'ㄴ'자로 양탄자를 깔았는데 그 앞에 탁자가 길게 놓여 있다. 주물로 만든 오래된 난로가 있고 달라이 라마의 초상화를 모신 제단도 있었다. 내가 자리에 앉자 흰 복슬 강아지가 옆에 엎드려서 꼬리를 흔들었다. 벼룩이 걱정되지만 하도 친근하게 굴어서 그냥 내버려 두었다.

노파가 술을 내왔다. 한 되들이 플라스틱 주전자 하나 가득 창(막걸리)이 남실거렸다. 노파는 손수 한 잔 따라준 다음 헌 분유통에 든 찬바(보릿가루)를 조그만 숟갈로 퍼서 술잔에 털어준다. 술맛이 우리나라 남쪽 섬 막걸리처럼 찝찔하다. 늙은 산모의 젖 맛이 아마 이럴 것이다.

술을 몇 잔 따라 마시고, 나머지는 나중에 와서 마시겠다고 손짓 발짓을 해보았지만 못 알아듣는 눈치였다. "꺼띠 루피(얼마냐)?"라는 말은 용케 알아듣는다. 손가락 두 개를 펴보인다. 2루피. 우리나라 돈으로 60원 정도다. 내가 고등학교 다닐 무렵 우리나라 막걸리 값이 30원에서 50원 정도였던 게 기억났다.

티베탄 후렌즈 레스토랑에서 띤뚝(수제비)을 시켜 먹고 카운터 아가씨에게 침낭 파는 곳을 물었다. 그녀가 소개해준 가게에서 솜을 넣고 누빈 인도 군용 침낭들 중 비교적 새것을 450루피에 샀다. 이불 보따리처럼 부피가 커서 가지고 다니기는 불편하지만 춥지는 않을 것 같았다. 속에 융으로 된 내피도 들어 있었다.

제2장 레에서 만난 동포들

태어나서 처음 이토록 높은 산에 올랐다. 심호흡을
하며 사방을 둘러보았다. 사방팔방에 산맥들이 마치
흰 포말을 머리에 인 거대한 파도처럼 출렁이며
몰려드는 것 같다. 그러나 너무 힘들게 올라온 탓인지
생각했던 것보다는 덜 감격스러웠다.

03

간다라의 바람 소리

풀 한 포기 없는 황야

마카밸리로 떠나는 7월 17일 아침, 파드마 게스트 하우스의 큰아들 조르는 현지인 두 사람을 데려와 우리에게 소개했다. 안내인 롭장(32세)과 심부름꾼 번촉(25세)이다. 우리는 짐을 들고 나가 골목 어귀에 대기 중인 지프 두 대에 몸을 실었다.

모처럼 소풍을 가는 어린아이마냥 마음이 들떴다. 바로 이 출발을 위해 근 열흘을 레에서 죽쳤으니 그럴 만도 했다. 15분 후, 인더스 강변에 있는 티베탄 마을 스피톡 Spitok에 도착하자 조랑말들과 티베탄 마부들이 대기하고 있었다. 늙은 마부가 까르마(48세), 젊은 마부가 까장(32세)이다.

까르마는 머리를 땋아 묶고 카우보이 모자를 써서 인디언 같았다. 까장은 곱슬머리에 입술이 두껍고 얼굴이 검어서 얼핏 흑인처럼 보였다. 마부들을 비롯해 현지인 네 사람이 지프에 실려 있는 짐을 조랑말에 옮겼다. 말방울을 뎅뎅거리는 여섯 필의 조랑말들은 모두 앞발이 묶여 있었다. 짐을 말 잔등에 얽어매는 동안 움직이지 못하게 하기 위해서였다.

조르와 작별한 후 안내인 롭장을 따라 인더스 강을 가로지르는 출렁다리를 건넜

천 년 순정의 땅, 히말라야를 걷다

다. 인더스 강은 점점 멀어지고 길은 풀 한 포기 없는 황야로 이어졌다. 발걸음을 뗄 때마다 먼지가 풀썩풀썩 이는 길 저 멀리 산맥들이 치달리고, 그 위로 거인의 상반신 같은 뭉게구름이 떠다니고 있었다.

새파란 하늘 한가운데서 강렬한 태양이 이글거리고, 길섶의 바위 그늘에서는 가끔 손바닥만 한 도마뱀이 혀를 날름거렸다.

유럽인 세 쌍은 저마다 챙이 넓은 모자를 쓰고 짙은 색 선글라스를 끼고 있었다. 반바지에 반팔 셔츠 차림으로 조그만 배낭을 메고 걸어가는 그들의 모습은 산뜻하고 건강해 보였다.

내 모자는 챙이 너무 짧아 강하게 내리쬐는 햇빛을 막지 못했다. 더욱이 선글라스를 잃어버려 맨눈인데다가 선탠크림을 준비하지 못해 긴바지에 긴팔 셔츠를 입고 걷는 내 모습은 그야말로 '개밥에 도토리' 신세다.

세 시간쯤 그렇게 걸었을 때 마부 까르마와 그의 조수 까장 그리고 심부름꾼인 번촉이 조랑말들을 앞세우고 우리를 추월해 갔다. 뎅그랑 뎅그랑 울리는 말방울 소리가 경쾌했다. 그들은 걸음이 몹시 빨라 어느새 까마득하게 앞서 있었다.

두 시간쯤 더 걸었다. 지붕은 걷어 가고 벽만 휑뎅그렁하게 남은 집을 지나자 흙이 흘러내리는 가파른 산 밑에 밀밭이 있었다. 말들이 접근하지 못하도록 돌로 담을 치고 그 위에 가시나무를 얹었다. 붉은 흙탕물이 흐르는 개울가에는 꽤 큰 버드나무들도 있었다.

밀밭과 개울 사이의 풀밭에 돌과 흙으로 3층짜리 생일 케이크처럼 둥글게 만든 두 개의 마니 탑이 100미터쯤 간격을 두고 서 있었다. 위쪽 마니 탑 부근에서 마부들이 짐을 풀고 있었고, 안내인 롭장은 이곳이 우리가 하루 묵어 갈 '징첸'이라는 곳이라고 알려주었다.

마부들의 텐트 옆에 내 텐트를 쳤다. 아무리 둘러봐도 마부들이 자리 잡은 곳이 가장 안전했다. 낙석이나 사태 그리고 밤에 개울물이 넘쳤을 경우 등을 충분히 고려한 자리다. 텐트 앞 밀밭을 에워싼 돌담 틈에 작고 노란 꽃들이 피어 있었다. 도마뱀도 있고, 그걸 잡아먹는 꿩이 이따금씩 날아와 산비탈에 내려앉았다.

롭장이 개울가 미루나무 그늘에 자리를 펴놓고 "티타임 써" 하고 소리친다. 설탕을 잔뜩 넣은 밀크 차다. 다들 한 모금씩 마시고는 얼굴을 찡그렸다. "밀크 차는 싫어. 앞으로는 블랙 티를 다오"라고 누군가 말했다. 그런데 "저녁은 뭘로 하겠느냐? 몇 시에 먹겠느냐?"고 곰살맞게 묻는 롭장의 목으로 쐐기가 기어 들어가고 있었다. 그것을 본 여자들이 비명을 질렀다. 미루나무에서 떨어진 쐐기였다. 우리는 자리를 밀밭 쪽으로 옮겼다.

수선이 가라앉은 뒤 80리터들이 배낭을 하나씩 짊어진 남녀 한 쌍이 우리 아래쪽에 텐트를 쳤다. 마크가 목소리를 낮춰 속삭였다.

"저 사람들 좀 봐. 굉장하지? 아마 독일인일 거야!"

영국인들이 와하하 웃음보를 터뜨렸다. 말도 마부도 없이 용감하게 나선 그들이 영국인들의 눈에는 돈을 지독하게 아끼는 독일인처럼 보였던 모양이다. 내가 가서 말을 시켜 보니 마크의 말대로 독일인이었다. 짐을 줄이기 위해 미숫가루 등 건조식량을 준비했으며 정수기까지 휴대하고 있었다. 그들은 2박 3일 일정으로 스톡 라를 넘는다고 했다.

마부들의 텐트로 가보았다. 젊은 마부 까장이 마른 말똥을 주워 와서 불을 피워 버터 차를 만들었다. 늙은 마부 까르마는 염소 털로 실을 자아 말의 굴레를 만들고 있었다. 젊은 마부 까장을 시켜서 민가에 가 창(막걸리)을 사오게 했다. 창을 일행들

인더스 강변의 스피톡은 마카밸리 트레킹의 기점이다. 맨 뒤에 영국인 조가 걸어가고 있다.

모자를 쓴 마부 까르마 도룹(48세)과 그의 조수 까장(32세). 두 사람은 모두 티베탄 난민이다.

에게 권해보았다. 그러나 조만 한 모금 하고 만다. 창에는 이곳 라다크의 혼이 들어 있다고 꼬셨지만 다들 웃기만 할 뿐이었다.

라다크에서 창은 주식에 가까웠다. 자료에 의하면 라다크 주민들은 그들이 생산한 보리의 1할에서 3할까지 창을 만들어 마신다. 명절이나 결혼식 같은 때는 물론 취하기 위해서 마시기도 하지만 보통 때도 일의 흥을 돋우는 농주로 마신다. 또 비타민 B의 공급을 위해서 어린아이에게도 마시게 한다. 누룩으로 곡물을 발효시켜 만든 창이라서 비타민 B가 적당량 함유되어 있는 것이다.

술도 음식이다. 음식 중에서 가장 고귀한 것인지도 모른다. 밥은 육신을 위해서 먹는다면 술은 영혼을 위해서, 영혼들의 교감을 위해 마신다고 생각한다.

라다크 사람들이 라다크 땅에서 생산한 곡식으로 빚은 술이 창이기에 나는 '창'에 라다크의 혼이 들어 있다고 말한 것이다.

저녁 식사는 쌀밥에 생선 통조림 으깬 것, 콩, 카레 등이 나왔다. 우리가 저녁을 먹을 때 말들도 저녁을 먹었다. 마부들은 말들의 앞발을 끈으로 묶어 움직이지 못하게 한 후 끈 달린 자루에 통보리를 넣어 말들이 그 속에 주둥이를 디밀도록 했다. 그러고는 자루의 끈을 말의 양쪽 귀에 걸어주었다. 말들이 자루 속의 통보리를 다 먹은 후에는 건초를 한 움큼씩 준다. 말 잔등에 싣고 다니는 보따리 가운데 가장 큰 보따리가 바로 건초 보따리다.

밤에 서양인들은 모닥불을 피워놓고 농담을 주고받았다. 말이 빨라서 뭐라고 하는지 알아들을 수가 없었다. 꿰다놓은 보릿자루처럼 앉아 있기가 어색해서 슬며시 일어나 마니 탑으로 가서 탑돌이를 했다. 합장을 하고 탑을 돌면서 관세음보살을 무수히 염송하고 이번 여행 그리고 다음 여행을 모두 무사히 마치게 해달라고 빌었다. 마니 탑 주위에는 주문을 새긴 돌이나 불상을 새긴 돌들이 쌓여 있었다.

천 년 순정의 땅, 히말라야를 걷다

밤 9시. 다들 텐트 안으로 들어갔다. 영국인 커플인 조세프와 애니의 텐트에서는 애니의 웃음소리가 자주 들려왔다. 애니의 웃음소리는 아주 특이해서 곧 숨이 넘어갈 듯 끄끄끅 웃는다.

달이 밝았다. 하현달인데도 보름달보다 더 밝아 텐트 안까지 훤하게 비추었다. 조랑말들은 배가 안 차는지 밤새도록 말방울을 뎅뎅거리며 목책이 쳐진 야영장 주변의 풀을 뜯어 먹었다. 말방울 소리 때문에 나는 자주 잠에서 깨어났다. 돌이 있으면 그 돌을 코로 밀어 뒤집고 그 밑에 깔려 있는 노랗게 시든 꽃까지 훑어 먹는 말들이 내 텐트 밑까지 자꾸 들쑤셨다. 밤중에 천막 밖으로 나가 말들의 코를 만져 보았다. 말들의 코는 아주 부드럽고 따뜻했다.

굶주린 양들의 애처로운 울음소리

7월 18일. 새벽 5시에 일어났다. 달이 아직도 밝다. 텐트에서 되도록 멀리 걸어가 뒤를 보았다. 물 때문인지 설사를 했다. 워낙 심하게 오염되어 있는 물이라서 끓여 마셔도 아무 소용이 없다. 광물질과 가축들의 분뇨와 털이 섞여 있는 흙탕물……. 물고기조차 살 수 없는 물이라고 한다.

독일 남녀가 정수기로 그 물을 정수하고 있다가 나를 보고 "하이" 하고 인사를 건넸다. 독일 여자는 정수한 물을 수통에 담고 거기에 조그만 소독약 한 알을 떨구었다.

티베탄 마부들의 텐트에 가서 버터 차를 얻어 마셨다. 의외로 맛이 좋은 버터 차다. 티베트에서 생산되는 암염과 야크의 젖으로 만든 신선한 버터 그리고 인도 차로 끓인 버터 차라서 맛이 좋았다. 그래서 '좋은 차'라고 엄지손가락을 치켜세우자 마부들이 환하게 웃었다.

제3장 간다라의 바람소리

마부들이 말에게 건초를 한 움큼씩 주었다. 옆 캠프의 당나귀들이 얼씬거리다 젊은 마부 까장한테 얻어맞고 도망갔다. 마을 노인네가 와서 캠프 사용료를 텐트 1동당 15루피씩 수금해 갔다.

아침을 먹고 8시쯤 징첸을 떠났다. 어제 젊은 마부 까장이 술을 샀을 민가에서 미루나무 지팡이를 하나 얻어 들고 걸었다. 협곡을 지나며 자주 물을 건너게 되었는데 비탈마저 심했다. 한 시간도 못 걸어서 네덜란드 청년 루드는 얼굴이 파리해지더니 바위에 걸터앉아 먹은 것을 다 토했다.

30분쯤 지나자 마크도 퍼질러 앉았다. 도저히 더 이상 못 걷겠다고 했다. 현재 고도는 약 3,800미터. 레보다 겨우 300미터 더 높은 곳인데 벌써 두 명에게 고산병이 찾아온 것이다.

말 한 필이 짊어진 짐을 다른 말들에게 옮기고 거기에 마크를 앉혔다. 젊은 마부 까장이 마크가 탄 말의 견마를 잡았다. 고등학생 때 축구선수였으며 런던의 어느 동물원에서 코끼리 사육사로 일한다는 거구의 마크가 조랑말 잔등에 앉아 가는 모습은 처량하기 짝이 없었다.

풀밭이 있는 갈림길에서 안내인 롭장은 오늘 오른쪽 골짜기의 유르체라는 곳에서 야영을 하겠다고 말했다. 시계를 보니 11시도 채 안 되었다. 그러나 환자가 두 사람이나 생겼으니 어쩔 수 없었다.

왼쪽 골짜기에 보이는 룸박 마을로 창을 사러 갔다. 마을 어귀에서 주민들이 다리 공사를 하고 있었다. 남자들은 흙과 돌을 나르고 여자들은 말똥 불에 냄비를 엎어놓고 띤뚝을 끓이고 있었다. 한 아낙에게 창을 물으니 따라오라고 손짓했다.

1층은 가축우리로 쓰고 2층이 거실이었다. '왕궁 가는 길'에 있는 주막집처럼 벽 한 면이 찬장이고 그 앞에 난로가 있었다. 찬장의 그릇들은 모두 가지런히 정리되어

천 년 순정의 땅, 히말라야를 걷다

징첸에서 유르체로 갈라지는 길. 고산병 때문에 마크는 말 위에 앉아서 가고 있다.

있었는데 번쩍번쩍 윤이 나게 닦아 놓았다. 그렇게 하는 것이 이 나라 주부로서 가져야 할 책임감이며 긍지인 듯했다.

바닥은 그냥 맨 흙이었다. 인디언처럼 생긴 매부리코 아낙네는 접는 의자를 펴서 창가에 놓은 뒤 앉으라고 권했다. 내가 의자에 앉자 아낙네는 구리로 만든 국자에 물을 퍼서 국자의 손잡이를 입에 물었다. 무당이 칼을 물고 나타난 것 같다. 도대체 뭘 하려는 걸까.

아낙네는 국자를 입에 물고 고개를 까딱까딱하여 국자에서 조금씩 쏟아지는 물에 손을 씻었다. 그냥 가만히 서서 그러는 게 아니라 전후좌우로 움직이며 손을 씻어서 흙바닥 여기저기에 물을 뿌린다. 무슨 주술인가 했더니 그게 아니다. 한 국자의 물로 손도 씻고 흙바닥에 물도 뿌리기 위한 행동이었다.

아낙네는 양푼 위에 소쿠리를 놓고 술독에서 술지게미를 건져 소쿠리에 담은 다음, 손으로 술지게미를 주물러 술을 짠다. 행동거지 하나하나가 아주 정성스러웠다. 술이 알맞게 익어서 맛이 썩 좋았다. 구리 사발로 두 번 마시고 수통에도 가득 담았다. 20루피를 냈다.

돌아오는 길에 비를 만났다. 길게 늘어선 탑들 저 멀리 톱날처럼 생긴 스톡 라 능선이 보이고 골짜기 안에는 비안개가 자욱했다. 멋진 경관이다. 우리 캠프 쪽 경치도 아름다웠다. 눈이 쌓여 흑백 명암이 분명히 드러나는 산과 그 아래로 펼쳐진 계곡의 자갈밭 사이로 구불구불 냇물이 흐르고 있다. 냇가에 우리 캠프가 보였다.

차와 라면으로 요기하고 서둘러 천막을 쳤다. 비가 또 올 것 같았다. 머리 감고, 이 닦고, 발 씻고, 양말을 빨고 텐트에 들어가자마자 비가 내리기 시작했다. 급기야 천둥소리까지 요란했다.

양치기 아이들이 산에서 양을 몰고 내려와 절벽의 움푹한 곳에 들어가 비를 피했

천 년 순정의 땅, 히말라야를 걷다

다. 심한 바람이 불더니 비가 그쳤다. 개울물 소리가 커졌다. 산에서 양치기들이 속속 내려왔다. 양치기들은 대부분 아낙네들이거나 어린아이들이다.

양은 염소나 야크와 함께 이 산에서 가장 중요한 1차 산업이다. 1년에 8개월이 겨울이며, 초목이 자라는 기간은 넉 달이 채 안 된다. 그나마 강수량이 부족하고 관개가 어려운 험한 지형이어서 농토는 드물었다. 양이나 염소, 야크 등 가축은 식량과 의복, 침구 등을 제공하는 자원이다. 그러나 이 저승 같은 산중에는 양들이 먹을 풀조차 몹시 귀했다. 온종일 험한 벼랑과 비탈을 헤맸을 양들이 여전히 굶주린 채 애처로운 울음소리를 내며 지나가는 광경은 몹시 처연했다. 그리고 그 양들을 몰고 가는 여위고 헐벗은 어린아이들의 모습은 차라리 외면하고 싶을 정도였다.

저녁때가 되자 스톡 라 능선 위에 잔뜩 엉켜 있던 구름이 흩어지며 새파란 하늘이 보였다. 어린 시절 여름 장마 끝에 본 하늘 같아 내 마음도 그 시절로 되돌아가는 듯싶다.

롭장은 내일 우리가 4,920미터나 되는 간다 라를 넘게 된다고 말해주었다. 현재 위치의 해발 고도는 3,800미터 정도여서 내일 캠프의 고도도 최소한 3,800미터 이하여야 고소 적응에 무리가 없다. 그러자면 10시간 이상 걸어야 하므로 일찍 자기로 했다.

밤에 오줌을 누러 나와 보니 주먹만 한 별들이 하늘에 촘촘했다. 그 별빛 속에서 말들은 풀을 훑느라고 밤새도록 말방울을 뎅그렁거렸다.

독수리 날개 밑에 출렁이는 산맥들

7월 19일. 마부들이 제일 먼저 일어난다. 밤새 말들의 발목을 잡아두었던 로프를 풀어주고 건초를 나누어준다. 그 사이에 고물 석유버너에 불을 켜서 버터 차를 만들었

징첸의 양치기들이 소나기를 피하고 있다.

마카밸리와 잔스카르와 히말라야 연봉이 보이는
간다 라 정상에서 나부끼는 룽따와 불경을 새긴 돌무더기들.

해발 4,920미터의 간다 라를 향하여 오르는 길.

다. 짭짤한 곰국 같은 버터 차를 얻어 마시며 일과를 시작한다. 우리의 심부름꾼 번촉은 밤새 내 텐트를 환하게 비추어주었던 하현달이 서쪽으로 기운 뒤에야 눈을 비비며 일어나 버너에 불을 붙였다.

8시가 조금 넘어서 걷기 시작했다. 유르체 마을을 지나면서부터 마크는 다시 주저앉기 시작했다. 한 시간쯤 걷고 나서 마크는 결국 또다시 말 잔등 신세를 져야 했다. 네덜란드 청년 루드는 어제와는 달리 잘 걸었다. 마크의 짝 조는 선두에 서서 가볍게 걸어간다.

솔개 비슷한 새들이 떼 지어 날고 있었다. 스톡 라 쪽 산봉우리는 구름에 잠겨 있었다. 마크는 말을 타고 앞서갔고 나는 맨 꽁무니에 처졌다. 능선이 완만하여 오르

천 년 순정의 땅, 히말라야를 걷다

막 경사는 그리 급하지 않지만 고소라서 힘을 쓸 수가 없었다.

어찌나 힘든지 한 걸음 간신히 떼고는 한참 쉬고, 또 한 걸음 간신히 떼고는 지팡이에 의지하여 쉬기를 거듭한 끝에 간다 라(Gandha la, 해발 고도 4,920미터)에 올랐다. 간다 라에는 세찬 바람이 불고 있었다. 그 바람 위에 독수리가 날개를 펼친 채 떠 있고, 독수리 날개 밑에 산맥들이 출렁였다.

마카밸리와 잔스카르와 히말라야 산맥이다. 태어나서 처음 이토록 높은 산에 올랐다. 심호흡을 하며 사방을 둘러보았다. 사방팔방에서 산맥들이 마치 흰 포말을 머리에 인 거대한 파도처럼 출렁이며 몰려드는 것 같다. 그러나 너무 힘들게 올라온 탓인지 생각했던 것보다는 덜 감격스러웠다. 마부들은 이미 말을 몰고 마카밸리를 향해 내려갔다. 타르초가 펄럭이는 서낭당 같은 돌탑 뒤에서 바람을 피하며 잠시 쉰 후 일어서서 하산했다.

경사가 완만한 내리막이다. 저만치 뿔이 길고 털이 더부룩한 검은 소들이 있다. 고산에 사는 야생의 소 야크였다. 카메라를 들고 가까이 다가가자 달아났다. 야크는 무섭게 보이지만 온순하고 겁이 많은 짐승이다.

야크는 해발 5,000미터 이상의 빙하 부근에서 살기를 좋아한다. 야크는 가파른 경사를 오르내리고 먼 거리를 이동하면서 풀을 찾아 먹는다. 야크는 우리나라 소보다 더 많은 것을 사람에게 준다. 식량과 노동력, 담요 짜는 털, 우유보다 더 진하고 영양이 풍부한 젖을 준다. 그리고 똥은 귀중한 연료로 쓰인다.

2시 30분쯤 싱고 마을에 도착했다. 꽃이 아름답다. 물도 맑다. 창문이 여럿 있는 집에서 사람들이 내다보며 "줄래" 하고 반갑게 인사를 했다. 붉은 찔레꽃이 듬성듬성 흐드러지게 피어 있었다. 마을 양 옆의 산은 풀 한 포기 없는 푸석푸석한 돌산이라 물이 흐르고 습기가 있는 골짜기 안에만 버드나무와 가시나무(해당화 종류)가 자란다. 협곡을 두 시간 정도 걸은 끝에 우리는 마카 강가의 마을 시키우Skiu 부락에 도착했다.

곰파를 중심으로 너더댓 채의 민가가 있고 사방은 삐죽삐죽한 칼산이다. 그 사이로 마카 강이 흐르고 있다. 강가에 미루나무와 가시나무가 드문드문 있는 풀밭이 있다. 세 팀 정도가 먼저 와서 텐트를 치고 있었다. 우리는 우선 큰 통나무에 기대 앉아 잠시 쉰 후 목욕하러 갔다.

강물은 급류이며 흙탕물인데 몹시 차가웠다. 팬티만 입고 얕은 곳에 들어가 엎드려 있자니 조가 수영복 차림으로 걸어왔다. 아름다운 몸매다. 아무 거리낌 없이 물 속에 엎드려 기어 다니는 그녀의 오른쪽 어깨 뒤에 자그마한 돌고래 문신이 보였다.

그 문신을 손가락으로 가리키며 물었다.
"웬 문신이냐?"
조는 내가 그 문신을 잘 볼 수 있도록 어깻죽지를 내밀고 대답했다.
"고등학생 때 수영 코치가 새겨주었다."
주근깨가 많은 발그레한 피부에 그려진 푸른 돌고래 문신 때문에 조는 아주 요염해 보였다.

천 년 순정의 땅, 히말라야를 걷다

싱고 마을에서의 캠프 파이어

저녁 먹기 전에 깡통을 들고 마카 강을 따라 곰파 아래쪽 마을로 가보았다. "작년에 왔던 각설이 죽지도 않고 또 왔네"를 흥얼거리며 걷다 보니 아주 아름다운 풍경이 눈에 들어왔다. 깡통 대신 카메라를 메고 나오지 않은 게 후회스러울 만큼 멋지다.

왼쪽 페이지 · 영국인 조세프와 애니 커플
왼쪽 위 · 영국인 조세프가 캠프 파이어 준비를 하고 있다.
아래 · 네덜란드인 커플 루드와 패트라.
오른쪽 · 영국인 조가 마카 강에서 수영을 하고 왔다.
조의 오른쪽 어깨 뒤에는 돌고래 문신이 새겨져 있다.

창에 미숫가루 같은 찬바를 넣어서 걸쭉하게 만든 음식을 먹고 있는 농부 가족.

저녁 햇빛에 강물은 금빛으로 빛나고 유채밭과 밀밭 저 멀리 상어 이빨 같은 봉우리들이 삐죽삐죽 솟아 있었다. 보리밭에서 일하는 농부들에게 깡통을 쳐들고 '창'이 있냐고 소리치자 고개를 흔든다. 물꼬를 보러 나온 농부에게도 창이 있냐고 물어보자 역시 없다고 고개를 흔든다. 할 수 없이 털레털레 걸어서 돌아오다가 두 명의 아낙네와 아이들을 만났다. 깡통을 쳐들고 "창?" 하고 묻자 따라오라고 손짓했다.

그들은 우리 캠프 옆의 농가에 사는 주민들이었다. 쉬어서 시금털털한 막걸리를 한 깡통 사가지고 텐트로 돌아오니 조세프와 애니가 깔깔대며 웃었다.

"김, 우리는 네가 기어코 술을 사올 줄 알았어."

"이건 술이 아니라 라다크의 혼이야. 이걸 마셔야 진정으로 마카밸리를 이해할 수 있어."

나는 이렇게 대꾸하고 저녁 준비를 하는 심부름꾼 번촉네 텐트에 들어가 번촉과 창을 마셨다. 어디를 여행해도 그 지방 술을 마셔보지 않고는 결국 그 지방을 여행했다고 할 수 없다는 게 나의 지론이다. 이 세상을 살면서 술맛을 모르고 살았다면 역시 살았다고 말할 수 없는 것도 물론이다.

저녁은 국수였다. 야채 볶은 것에 비벼서 먹자니 자장면이나 냉면 생각이 굴뚝같았다. 아침은 오트밀, 점심은 과자 부스러기만 먹은 터라 몹시 시장했다. 조는 국수에도 소금을 한 숟갈 퍼넣어 먹었다.

저녁 먹은 뒤 영국인 조세프는 이리저리 돌아다니며 나무토막을 주워 모았다. 긴 것은 무릎에 대고 꺾는다. 잘 다듬어진 체격에 어울리는 힘을 가진 억센 사내……. 그의 손등에는 '린다' 라는 여자의 이름이 문신으로 새겨져 있었다. 지금 애인의 이름은 '애니'지만 옛날 애인의 이름은 '린다' 였나 보다.

조의 어깨죽지 뒤에 그려진 돌고래 문신이 생각났다. 그 문신은 지금의 마크가 아니라 고등학생 때 수영코치가 그려준 것이라지…….

조세프가 모닥불을 피우자마자 캠프의 주인 여자가 와서 나무 값을 요구했다. 몇 번의 실랑이 끝에 조세프는 15루피를 주었다. 캠프 안에 있는 것은 비록 굴러다니는 나무토막일지라도 그냥 버려져 있는 게 아니다. 더구나 이 지역은 땔감이 몹시 귀해 짐승의 똥조차 말려서 땔감으로 쓰고 있지 않은가. 다른 텐트의 사람들이 모닥불을 보더니 놀러 왔다. 한 독일 사람에게 창을 권하자 한 잔 마시고는 온 얼굴을 찡그리며 사양했다.

땅은 척박해도 하늘은 찬란하다

7월 20일. 밤새 비가 오더니 새벽에도 간간이 빗방울이 떨어졌다. 비를 맞으며 뒤를 보았다. 오늘도 설사다.

밤새 말들이 배설한 똥을 인근 부락의 한 노파가 망태기를 들고 와서 소중하게 걸어 갔다. 노파는 말발굽에 밟혀 흩어진 똥까지 손가락으로 박박 긁어 망태기를 채우고 있었다. 나무는 물론 풀조차 귀한 이 고장에서 짐승의 똥은 아주 귀중한 취사용 연료로 쓰였다.

지붕이나 담 위에 말 똥이나 야크 똥을 많이 말려놓은 집일수록 부자였다. 그런데 말 똥은 곰파의 지붕에 가장 많이 쌓여 있다.

어제처럼 멀건 오트밀에 연유를 부어 아침으로 먹었다. 비닐봉지에 싸둔 점심도 여전히 빵 조각과 과자 부스러기, 초콜릿과 사탕, 망고 주스다.

부슬부슬 내리는 비를 맞으며 마카 강을 거슬러 올랐다. 늪처럼 축축한 미루나무 숲을 지나자 강변에 밭을 일구는 주민 일가족이 보였다. 이들은 새참을 먹는 중이었

마카 부라의 유채밭. 황량한 고원 사막에 핀 노란 유채꽃은
이곳이 저승이 아니라 속세임을 새삼스레 일깨워주고 있다.

란카르 곰파 밑에서 만난 아주머니. 야크 똥을 짊어지고 있다.
양털은 망태기와 등 사이에서 쿠션 역할을 하고 있다.

다. 조그만 그릇에 창을 따르고 거기에 찬바(보릿가루)를 붓고 손가락으로 저어 뻑뻑한 죽을 만든 후 손가락으로 그냥 떠먹었다.

그들은 지나가는 나그네인 내게도 창을 권했다. 나는 답례로 담배 몇 개비를 건네고 작별했다. 한참 걷다가 돌아서서 다시 한 번 손을 흔들어주었다. 그러자 그들도 손을 흔들어주었다. 옛날 우리나라 강원도 화전민들이 밭 가운데 막걸리 통을 놓고 마시면서 일하던 모습이 떠올랐다.

오후 3시. 강을 건넌다. 다리가 가운데서 끊어져 우리끼리 복구하느라고 한 시간쯤 지체되었다. 다시 한 시간쯤 걸은 후에 또다시 강을 건너게 되었다. 다리가 없지만 강물이 그리 깊지 않아 신을 벗어 목에 걸고 지팡이에 의지하여 건넜다. 발목과 무르팍이 잘라져 나갈 듯 시린데다가 급류다. 곧 유채밭이 아름답게 펼쳐진 마을 마카에 도착했다. 야영장은 유채밭 옆이다. 이미 여섯 팀쯤으로 보이는 서양 사람들이 모여 있었다.

어제보다 더욱 지친 일행들은 다들 텐트에 들어가 누워서 쉬었다. 그러나 조세프는 조금도 지친 기색이 없어 보였다. 어제처럼 이리저리 돌아다니며 나무를 줍더니 모닥불 피울 준비를 했다. 심부름꾼 번촉이 와서 내게 떠듬떠듬 말했다.

"저 마을에 좋은 술 있어. 아락이야."

"번촉 이 녀석, 내 마음을 알아주는 건 너뿐이구나. 고맙다!"

나는 깡통과 수통을 들고 번촉이 가르쳐준 민가로 갔다. 아락은 증류식 소주다. 창에 비해서 훨씬 독했다.

밤에 번촉네 텐트에 가서 아락을 마시며 달을 구경했다. 하현달인데도 눈부시다. 별빛도 눈에 시리다. 번촉을 술벗 삼아 깡통의 술을 다 비웠다. 오랜만에 얼큰하게 취해서 잠들었다.

7월 21일. 역시 설사를 했다. 어제부터 몸에 이상한 물집이 생겼다. 몹시 가려워서 긁기 시작하면 잠시 후 콩알만 한 물집이 생기고, 물집이 터지면 그 자리가 옷에 닿아 쓰라렸다. 전에는 이런 적이 없었다. 물 때문일까, 상한 달걀 때문일까, 풍토병일까……. 고소 적응 장애일지도 몰라 불안했다. 그렇다고 설마 죽기야 할까.

아침을 먹는데 캠프장 마당에 하얀 닭들이 돌아다녔다. 웬 닭인가 싶어 쳐다보자 조가 약이 오른다는 듯이 말했다.

"야만스런 놈들. 산 닭을 데리고 다니며 날마다 한 마리씩 잡아먹다니……."

그 닭들은 이곳 주민의 닭이 아니라 아일랜드 팀이 닭장 채 조랑말 위에 싣고 다니며 잡아먹는 닭들이라고 했다. 채식주의자인 조의 눈에는 아일랜드 팀이 야만스럽게 보였을지 모르지만 내게는 문득 좋은 아이디어가 떠올랐다. 닭을 한 마리 사서 쌀과 마늘을 넣고 백숙을 해 먹으면 얼마나 좋을까. 생각만 해도 군침이 돌았다. 밥다운 밥을 먹어본 지 너무 오래인 탓이다.

삼각자처럼 뾰족한 산봉우리 꼭대기에 자리 잡은 스타차 곰파와 란카르 곰파를 지나갔다. 주름살 투성이 노파가 사원 아래 돌밭에 길게 누워 햇볕을 쬐고 있었다. 영화 '작은 거인'에 나오는 인디언 추장 같은 모습이다. 올해 여든 살쯤 되었다는 이 할머니가 먹을 것을 좀 달라고 거친 손을 힘없이 내미는 모습이 애달팠다. 자식들을 모두 도회지로 보내고 혼자 남은 우리나라 농촌의 할머니들 생각이 났다.

란카르 곰파를 지나면서부터 롭장이 비실대기 시작했다. 얼굴이 노래져서 속이 영 거북하단다. 돌바닥에 엎드리게 하고 지압을 좀 해주었다. 말이 안내인이지 롭장은 사실 이 지역에 처음 오는 듯했다. 심부름꾼 번촉과 마부들이 길잡이 구실을 했다. 롭장은 안내인이라기보다 통역이라고 해야 옳았다.

길이 험해진다. 오르막이 이어진다. 그래도 캉야체(해발 고도 6,400미터)의 흰 봉우

천 년 순정의 땅, 히말라야를 걷다

리를 바라보며 계속 올랐다. 타충체라는 산록에 이르러 야영을 하기로 했다. 지도를 보니 이곳의 해발 고도는 약 4,500미터다. '페' 라고 부르는 너구리 비슷한 고산 짐승이 굴을 들락거리고 있었다.

한바탕 소나기가 지나간 후 내일 우리가 걸어갈 북쪽 산 위에 선명한 무지개가 떴다. 가슴이 뛰었다. 나이를 먹었어도 무지개를 보면 어릴 때처럼 가슴이 뛰는 내가 마음에 든다. 오랜만에 나 자신이 기특했다.

땅은 척박하기 이루 말할 수 없는 고장이지만 하늘은 더없이 아름답고 풍부하다. 달, 해, 별, 구름, 무지개, 안개, 비, 바람……. 밤이 되자 바람이 불고 몹시 추웠다. 다들 텐트 안으로 들어갔다. 조세프네 텐트에서는 애니의 자지러지는 듯한 웃음소리가 자주 들려왔다.

침낭 속에 들어가 일찌감치 잠을 청했다. 피부에 생긴 괴상한 물집 때문에 걷기가 몹시 힘겨웠다. 내일은 오늘보다 더 고될 것이다.

저녁을 먹자마자 밤이 되었다. 조세프는 모닥불을
피우고 일행들은 모닥불에 둘러앉아 젖은 신이나 양말
등을 말렸다. 나는 멀찍이서 그 모닥불을 바라보다가
텐트 속으로 들어가 잠을 청했다. 얼핏 잠이 들 무렵
텐트에 굵은 빗방울이 떨어지기 시작했다.

04

콩마루 라를 넘어서

늑대와 눈 표범이 사는 '태양의 풀밭'

7월 22일. 길 떠난 지 6일째 되는 날이다. 새벽에 깼지만 추워서 텐트 안에서 그냥 뭉개고 있었다. 롭장이 텐트마다 찾아다니며 차 마시라고 해서 밖으로 나왔다. 밤새 오던 비는 어느새 그치고 하늘은 맑게 갰다. 너무 오래 누워 있었던 탓인지 허리가 무척 아팠다.

차 마시고 뒤 보러 갔다 오다가 '페'라고 부르는 너구리 비슷한 짐승들을 또 보았다. 사람을 보고도 별로 두려워하는 기색이 없었다. 그 귀여운 짐승들을 잠시 따라가다 보니 소담스러운 풀꽃이 피어 있는 샘물을 만나게 되었다. 산꼭대기 만년설이 녹아 너덜지대를 흘러 나오는 동안 여과가 잘 되어 아주 맑았다. 오랜만에 생수를 실컷 마시고 수통에도 가득 담았다.

아침을 먹고 콩마루 라(Kongmaru La, 해발 고도 5,150미터)를 향해 떠났다. 돌밭 사이로 난 길은 빙하가 녹아 흐르는 시냇물을 끼고 있었다.

페가 앞서가며 자꾸 뒤돌아보았다. 숨이 차기 시작했다. 10분도 채 안 걸었는데 걷기가 고통스러웠다. 해발 고도가 어제보다 훨씬 높아진 탓이다. 작은 고개를 하나

천 년 순정의 땅, 히말라야를 걷다

넘자 어디로 갔는지 페가 보이지 않았다.

　일행들은 앞서가고, 사진을 찍느라고 뒤에 혼자 뒤처져 걸었다. 적막하기 짝이 없었다. 짙은 남빛 하늘 아래 삐죽삐죽 솟아 있는 기괴한 형상의 산들은 도무지 현실 같지 않았다. 숨찬 가슴과 물집이 터져 쓰라린 살갗만 현실이고 그 밖의 세계는 모조리 환영幻影 같았다.

　산들과 나 사이의 거리를 전혀 가늠할 수 없다. 눈앞에 빤히 보이는 산인데 한나절 내내 걸어도 거리가 좁혀지지 않았다. 여전히 거기 있다. 눈앞에 빤히 보이는 산이지만 실제는 아주 멀리 있는 것이다. 공기가 희박하고 맑아서 육안으로 볼 수 있는 거리가 그만큼 먼 것이다.

　분홍이나 회색 계통의 파스텔 색조를 띤 민둥산들 뒤에는 푸르스름한 산이 있고, 푸르스름한 산 뒤에는 검은 산이 있고, 검은 산 뒤에 흰 설산이 있다. 그 흰 산이 캉야체(해발 고도 6,400미터)였다.

　우리가 넘어야 할 고개 콩마루 라는 캉야체 북쪽으로 내려선 완만한 능선 사이에 있었다. 우리는 오늘 콩마루 라 바로 밑의 여름 방목지 니말링에서 야영할 예정이었다. '니말링' 은 '태양의 풀밭' 이라는 뜻이라고 롭장이 말해주었다.

　마을 사람들의 일부는 여름 4개월 동안 니말링에 올라와 살면서 염소나 야크의 젖으로 버터와 치즈를 만들고, 겨울에 연료로 쓸 나뭇가지와 짐승 똥을 모아 말린다고 했다.

　마을에 남은 가족들은 가끔씩 소금, 빵, 밀가루, 술 등을 방목지로 가져다주고 방목지에서 만든 말린 똥, 버터, 치즈 들을 마을로 운반한단다.

　롭장의 말이 끝나기 무섭게 짐을 잔뜩 진 당나귀 두 마리를 앞세운 마카 부락 처녀 두 명이 뜨개질을 하면서 언덕을 넘어왔다. 방금 롭장이 설명한 그대로 '니말링'

제4장 콩마루 라를 넘어서

니말링에서 콩마루 라로 가는 길목의 야영장.
한소끔 소나기가 퍼붓더니 저녁 하늘에 무지개가 졌다.

니말링의 여름 방목장에 사는 라다키 아낙네.

니말링의 여름 방목지에 사는 또 다른 라다키 아낙네. 왼쪽 사진의 아낙과 이웃해 산다.

의 방목지에서 생산한 물건을 마을로 가져가는 중이었다.

험한 고산준령을 큼직한 봇짐을 지고 걸으면서도 뜨락을 거닐 듯이 힘 하나 안 들이고 걸어오는 처녀들이 마냥 부러웠다. 그냥 걷기만 하는 것이 아니라 손으로는 팽이처럼 생긴 기구로 실을 잣거나, 자아낸 털실로 뜨개질을 하며 걸었다.

이어 두 명의 할머니와 어린아이들이 양 떼를 몰고 산비탈로 내려갔다. 양치기 아이들은 돌팔매질을 기가 막히게 잘한다. 나는 천천히 걸어도 숨이 턱에 차는데 아이들은 비탈을 내달리며 돌팔매질을 하여 무리에서 벗어나려는 양들을 한 데 모았다.

롭장은 니말링 일대에는 늑대도 있고 털이 흰 눈 표범snow leopad도 있다고 알려주었다. 그 맹수들은 빙하 언저리에 살면서 가끔씩 방목지로 내려와 양이나 송아지를 해치는데 사람에게는 거의 접근하지 않는다고 한다.

작은 고개 위로 올라서자 축 처진 마크가 바위에 앉아 있었다. 내가 괜찮으냐고 묻자 걱정하지 말라고 대답하는 마크의 목소리에는 힘이 하나도 없었다. 혼자 꽁무니에 처지면 안 될 것 같아 잠시 앉아 쉬며 격려한 후 마크를 앞세우고 걸었다. 몇 걸음 못 가서 자꾸만 걸음을 멈추곤 하는 마크는 곧 주저앉을 것만 같았다.

악을 쓰며 군가를 부르다

사위가 어두워지기 시작하더니 급기야 비가 내렸다. 빗줄기가 제법 굵어 옷이 차차 젖어들었다. 한기가 엄습했다. 그래도 걷고 있으면 덜 춥지만 잠시라도 걸음을 멈추면 한기가 뼛속까지 파고들었다. 그러니 아무리 숨이 차도 걸을 수밖에 없었다.

옷이 완전히 젖자 걸어도 이가 딱딱 부딪치도록 추웠다. 물집이 터진 자리가 몹시 쓰라렸다. 나는 군대에서 '혹한기 야영훈련'을 하던 때를 떠올리며 군가를 불렀다.

천 년 순정의 땅, 히말라야를 걷다

입이 얼어서 잘 불러지지 않던 군가들을 악을 쓰며 불렀다.

> …… 남아의 끓는 피 조국에 바쳐…… 눈보라 몰아치는 참호 속에서……
> 전우야, 이제는 승리만이 우리의 사명이요 나아갈 길이다…….

마크가 무슨 노래냐고 물었다. 군가라고 했더니 한국 남자들의 군대 생활이 궁금한지 다시 이것저것 캐물었다. 슬그머니 장난기가 발동한 나는 한국 군인들은 모두가 명사수이며 태권도 고단자라고 좀 과장해서 이야기해주었다. 그러고는 또 다른 군가를 좀더 박력 있게 불렀다.

> …… 백두산까지 앞으로…… 무찔러 찔러 찌일러……
> 대한 남아의 총칼이 번쩍거린다…… 원수야 오랑캐야 압록강 건너서
> 어서 빨리 물러가랏 두 손 들어랏…….

목에서 피비린내가 나도록 부른 군가. 살아서는 다시 부르지 않겠다던 군가를 여기서 또 부르게 되는 것은 무슨 까닭인가. 군가에는 악다구니를 이끌어내는 힘이 있기 때문일 것이다.

빗속에서 평지가 모습을 드러냈다. 큰 산봉우리들은 비구름에 가려서 보이지 않았고 반원형 능선 한 토막과 그 능선 뒤에서 흘러오는 개울이 보였다. 니말링(Nimaling, 해발 고도 4,700미터)이다.

개울가에 울긋불긋한 텐트 몇 동이 보였다. 마크가 그 텐트들을 돌아다니며 뭔가 묻고 오더니 "개울 건너에 스웨덴에서 온 여자 의사가 있다"고 반가운 기색을 드러

궁마루 라 밑의 니말링 베이스 캠프. 먼 길을 걸어와 배고픈 말들이 먹을 풀을 찾고 있다.

낸다. 마크는 설사가 심해 거의 먹지 않은 채 여기까지 왔다. 그래서 설사약을 찾고 있는 것 같았다. 저 멀리 개울 상류에 말고삐를 바싹 틀어쥐고 개울을 건너는 마부들이 보였다.

먼저 개울을 건넌 조가 우리를 향해서 손을 흔들었다. 마크와 나는 좀더 힘을 내서 걸었다. 그러나 막상 개울 앞에 이르자 마크는 화가 잔뜩 난 목소리로 무어라고 구시렁대더니 돌아서서 하류 쪽으로 걸어갔다.

개울 건너에서 조가 마크를 부르며 개울을 따라 내려가지만 마크는 뒤도 돌아보지 않았다. 잔뜩 토라진 것이다. 이때 심부름꾼 번촉이 말 두 필을 끌고 개울을 건너왔다. 번촉은 말 한 필의 고삐를 내게 주더니 다른 한 필에 올라타고는 마크에게로 달려갔다.

나는 혼자서 말 위에 올라탄 적이 없었다. 더욱이 안장이나 발걸이가 없는 말은 생전 처음이었다. 그런 말을 타고 개울을 건널 자신은 더욱더 없었다. 그래서 개울을 그냥 걸어서 건널까 하다가 ‘에라 모르겠다, 한번 타보자‘ 하고 말 잔등에 올라탔다.

말은 내가 타자마자 기다렸다는 듯이 첨벙첨벙 물속으로 들어갔다. 말의 등뼈가 내 엉치 뼈 사이에 돌멩이처럼 파고들어 몹시 간지러우면서 아팠다. 곧 미끄러져서 물속에 곤두박질칠 것만 같아 가슴이 두근거렸다. 여차하면 말 모가지를 잡고 매달리려고 허리를 굽힌 채 두 다리에 온 힘을 모았다. 아슬아슬했지만 무사히 개울을 건너자 롭장이 고삐를 받아주었다. 뒤돌아보니 심부름꾼 번촉도 마크를 말에 태워서 개울을 건너오고 있었다.

주룩주룩 내리는 비를 맞으며 텐트를 치는데 손이 곱아서 자꾸 헛손질을 했다. 간신히 텐트를 치고 젖은 옷을 벗은 뒤 침낭 속에 기어 들어갔다. 두 손을 사타구니 속에 넣고 비비며 와들와들 떨다 보니 차차 한기가 가시고 얼굴이 화끈화끈해졌다. 마

제4장 콩마루 라를 넘어서

른 옷을 꺼내 입으려고 몸을 조금만 꼼지락거려도 숨이 찼다. 침낭에 엎드려 룹장이 가져다준 뜨거운 차를 마신 뒤 잠시 자고 나니 비가 그쳐 있었다.

눈보라 속에서 힘겹게 고개를 넘고

회색 구름이 떠 있는 히말라야 산봉우리들이 아득하게 펼쳐져 있다. 머리맡의 캉야 체는 하얀 허리만 보이고 봉우리는 은회색 구름 속에 완전히 잠겨 있다. 언덕배기 위에서 양치기 아이들의 휘파람 소리가 들려왔다. 카메라를 들고 언덕배기로 올라갔다. 야크와 양을 방목하는 사람들이 머무는 곳이 여러 채 있었다. 그들은 이곳을 반지하식으로 만들었는데 돌과 흙 그리고 야크의 분뇨를 짓이겨서 지었다. 이곳에서 이들은 여름을 나고 눈이 오기 전에 다시 마을로 내려가는 것이다.

굴 같은 움막 앞에서 코흘리개 아이가 풍선을 불고 있었다. 지나가던 여행자가 준 것이리라. 그 집 앞에서 "줄래" 하고 인사를 하니 아이 엄마인 듯한 여자가 나왔다. 눈은 크고 매부리코인데 머리는 두 줄로 땋았다. 두루마기 같은 두꺼운 양털 외투는 젖어서 비린내가 났다. 으레 그랬듯이 나는 '창'이 있냐고 물었다. 굳이 창이 마시고 싶어서라기보다 그걸 핑계로 그 집 안에 들어가보고 싶은 거였다. 아낙네는 밝게 웃으며 안으로 들어오라고 손짓했다. 전혀 거리낌 없는 당당한 태도였다. 내 인상이 좋았던 탓인가, 아니면 이 고장 아낙네들의 천성이 워낙 그런 것일까. 아마도 후자일 것이다.

'ㄱ'자로 꺾어진 계단 밑에 거실이 꾸며져 있고, 거실보다 한 단계 아래쪽에 양털 침구가 깔려 있었다. 너저분했지만 텐트보다는 훨씬 안락해보였다. 가능하다면 텐트보다 이런 움막이나 민가에서 자면서 여행하는 것이 훨씬 많은 것을 체험할 수 있으

천 년 순정의 땅, 히말라야를 걷다

리라. 그녀는 내게 양털 위에 앉기를 권한 뒤 술 단지를 꺼내 와 큼직한 백동 양푼에다 창을 걸러주었다. 아주 정성스러운 태도였다. 더욱이 자기네 라다크 음식에 대한 강한 자부심마저 엿보였다. 단숨에 비웠더니 다시 잔을 채워주었다. 창은 정말 좋은 술이다.

이번 트레킹에서 내 입맛에 맞는 음식은 오직 이 '창'이라는 막걸리뿐이니 한 양푼으로 양이 차겠는가. 세 양푼을 연거푸 마셨다. 얼큰했다. 여자는 내게 '커드'도 먹겠느냐고 손짓으로 물었다. 야크의 젖으로 만든 순두부 같은 음식이 커드다. 커드는 이 지역에서 창 다음으로 내 구미에 맞는 음식이다. 커드도 한 양푼 가득 얻어먹었다. 내가 그걸 먹는 동안 아낙네는 다소곳이 앉아 뜨개질을 하고 있었다. 이렇듯 잠시도 쉬지 않는 이곳 여자들의 손은 투박하고 거칠다. 그야말로 연장 같다.

얻어먹은 답례로 때 묻은 지폐 몇 푼을 내놓기에는 내 손이 부끄러웠다. 돈보다 기념이 될 만한 것을 찾으려고 주머니를 뒤적거려 보니 레의 시장에서 산 조그만 중국제 가위가 눈에 띄었다. 접을 수 있는 아주 작은 가위였다. 그걸 주고 아쉬운 작별을 했다. 아낙네는 처음처럼 환하게 웃으며 문 앞에 나와 손을 흔들어주었다.

그 사이 조는 마크를 데리고 스웨덴 여의사네 텐트에 다녀왔다고 했다. 의사는 마크의 배탈이 단순한 설사인 것 같다며 너무 걱정하지 말라고 했단다. 조는 못 보던 고급 담배를 피우고 있었다. 어디서 났느냐고 물으니 반쯤 남은 걸 건네주며 스웨덴 여의사에게서 얻었다고 한다. 담배 떨어진 지 오랜 참이라 꽁초나마 아주 맛있었다. 다 피우고 나니 술기운에 겹쳐서 눈앞이 핑 돌았다.

애당초 서울에서 출발할 때는 술과 담배를 끊고 순례자처럼 경건한 마음으로 여행하겠다고 작심했었는데, 해발 5,000미터가 넘는 고산에 와서도 술 동냥을 다니고 담배꽁초나 얻어 피우고 있는 나…….

7월 23일 새벽. 마카밸리 트레킹 7일째다. 비가 오고 있었다. 오늘도 비 맞으며 뒤를 본다. 비 맞으며 콩마루 라를 넘을 생각을 하니 벌써부터 몸이 무겁다. 그러나 오늘 하루만 더 고생하면 내일은 레로 돌아간다.

마크와 조는 아직 자는지 고요했다. 텐트 옆에 설사가 한 무더기 있었다. 되게 급했나 보다. 오죽하면 텐트 옆에다 실례를 했을까. 롭장에게 말했다.

"환자도 있고 비도 온다. 오늘 하루 여기서 더 쉬고 내일 콩마루 라를 넘는 게 어떠냐?"

롭장은 고개를 살래살래 흔든다. 롭장 옆에 있던 아일랜드 팀의 안내인도 고개를 저었다.

"그건 안 된다. 여기는 해발 5,000미터다. 여기는 산소가 희박해서 지체하면 지

콩마루 라. 마부들은 말 잔등의 짐을 다시 단단히 조이고, 트레커들은 잠시 휴식을 취한다.

체할수록 지친다. 식량에도 문제가 있고 내일은 오늘보다 비가 더 많이 올 수도 있다. 또 환자가 있다면 더욱 서둘러서 고개를 넘어 고도가 낮은 곳으로 가야만 한다."

일리 있는 말이다. 프랑스 팀은 벌써 출발하고 있었다. 아일랜드 팀, 스웨덴 팀도 텐트를 걷는 중이었다. 우리도 비를 맞으며 텐트를 걷었다. 시린 손을 호호 불어가며 텐트를 걷고 나서 롭장네 텐트로 들어가 짜파티와 차로 아침을 때운 뒤 출발을 서둘렀다.

환자인 마크와 간호사가 되어버린 조를 선두에 세우고 나는 맨 뒤에서 콩마루 라를 향해 걸음을 옮겼다. 완만한 비탈이지만 오르면 오를수록 산소 부족으로 숨이 가빴다. 비는 어느새 진눈깨비로 변하고 싸락눈이 되어 뺨을 때렸다.

오직 발밑을 보고 한발 한발 힘주어 걸었다. 온갖 잡념이 머릿속을 맴돌다가 사라

졌다. 나중에는 아무 생각도 없이 무작정 걸었다. 내 몸의 움직임만 간간이 느껴질 뿐이었다. 귀에서 '윙~' 하는 소리가 들리고 심장이 불규칙하게 뛰었다. 어지럽고 숨은 자꾸 거칠어졌다. 마음도 자꾸 불안해져서 이러다가 심장마비로 죽는 게 아닐까 하는 방정맞은 생각마저 들었다.

말방울 소리가 들렸다. 한 시간 이상 늦게 출발했을 말들이 어느새 나를 앞질러 갔다. 말들이 허연 입김을 뿜으며 앞서간 후 스웨덴 여의사 일행이 내 뒤를 바짝 따라오고 있었다. 어제 술을 너무 많이 마신 탓에 오늘 이다지도 힘겹게 걷는지 모른다.

잘 먹지도 못하고 주룩주룩 설사하는 마크도 오늘은 멀찌감치 앞서서 잘도 걸어간다. 의사의 딸처럼 보이는 젊은 여자는 한쪽 콧방울에 코걸이를 했다. "줄래" 하고 인사하며 앞서가는 해사한 얼굴이 밉지 않다. 코걸이도 재미있다.

간간이 지팡이에 의지하여 쉬면서 두 시간 이상 숨차게 걸어 콩마루 라에 올라섰다. 해발 고도 5,150미터. 심한 진눈깨비가 시야를 가려 앞이 보이지 않았다. 눈보라 속에서 돌탑의 타르초들만 찢어질 듯이 펄럭였다. 눈보라가 심해져서 앞을 분간하기도 어려웠다. 사진도 몇 장 못 찍고 서둘러 하산이다.

젖은 땅에 눈이 살짝 덮인 길은 꼬불꼬불하고 아주 미끄러웠다. 이런 비탈길은 천천히 걷는 것보다 비탈을 타고 가볍게 뛰는 게 힘이 훨씬 덜 든다. 목에 걸고 다니던 카메라를 가방 속에 넣고 비탈을 비스듬히 달려 내려가니 비좁은 협곡이 나왔다.

조와 마크 등 앞서간 일행은 협곡 입구에서 신을 벗고 있었다. 개울을 건너려는 거다. 나는 신을 신은 채 개울을 건넜다. 이런 지형에서는 수없이 개울을 건너야 한다. 그러므로 신을 신고 벗고 하는 것보다는 그냥 계속 신는 것이 현명한 일이다. 더욱이 물속에는 뾰족한 돌들이 많아 자칫하면 발을 다칠 수도 있다.

금방 낙석이 쏟아질 듯 위태로운 절벽 사이로 이어지는 길은 개울 앞에서 끊어졌

천 년 순정의 땅, 히말라야를 걷다

피처럼 붉은 차디찬 급류가 흐르는 추길모 골짜기. 서양인 트레커가 말 잔등에 앉아 건너고 있다.

상 촉도의 해당화.
생존이 고달플수록
순정스런 꽃이 피는가.

다가 개울을 건너면 다시 이어졌다. 계곡의 물은 피처럼 붉었다. 밀크 차 같기도 하다. 하지만 차디찬 급류여서 건너기 좋은 얕은 여울을 찾아내기가 쉽지 않았다. 지도를 살펴보니 이 계곡이 추길모ChuKilmo 계곡이다.

천지를 뒤흔드는 장엄한 천둥소리

계곡 초입으로 빠져 나오자 반짝 해가 났다. 여기 아주 독한 탄산수가 나오는 샘이 있었다. 혹시 사람에게 이로운 약수인가 싶어서 수통에 가득 채운 뒤 개울을 건넜다. 돌담을 두르고 낙하산으로 천막을 친 간이 매점이 나왔다. 매점 밖에 말 다섯 필이 매어져 있었다. 푸르르 코를 떠는 말 잔등에서는 더운 김이 모락모락 피어올랐다. 맨 먼저 출발한 프랑스 팀의 말들이다. 매점 안에서 프랑스 팀들은 느긋하게 쉬면서 뜨거운 수프를 마시고 있다. 마부들은 위스키를 마신다. 나는 마부들 옆에 앉아 신

천 년 순정의 땅, 히말라야를 걷다

과 양말을 벗었다. 허옇게 부푼 발에서 김이 모락모락 났다.

이 간이 매점은 젊은 라다크 형제가 운영하고 있었다. 수통에 담아 온 약수를 내밀고 "이거 저 건너편에서 떠 온 거다. 먹어도 되냐?"고 물었더니 "약수다, 건강에 좋다!"며 엄지를 쳐든다. 우리나라의 대표적인 무가巫歌 '바리데기'에서 바리데기가 천신만고 끝에 서천 서역 천축국에서 떠다가 부모의 병을 고쳤다는 약수가 바로 이 약수일지도 모른다. 수통에 떠 온 약수를 한 방울도 남기지 않고 다 마셨다.

라면 한 그릇과 위스키 석 잔을 마시고 나자 우리 일행이 속속 도착했다. 모두들 가장 위험한 고비를 무사히 넘겼다는 안도감 때문인지 얼굴이 밝았다.

두 시간쯤 더 걸어서 샹 촉도Shang Chokdo로 빠져 나오자 비로소 하늘이 크게 열리고 마을다운 마을이 보였다. 학교도 있었다. 아이들은 빨래판 크기의 검은 나무 판자에 나뭇가지로 흙물을 찍어서 알파벳과 수학을 공부했는데, 안경을 낀 티베탄 부부가 이들의 교사였다. 부부 교사는 라다크에 약 200개의 서구식 교육을 하는 학교가 있다고 말했다. 나름대로 교육자로서 강한 자부심을 갖고 있는 것 같았다. 그러나 내게는 서구식 교육이 아이들로 하여금 라다크의 전통을 부끄럽게 여기게 만들고, 산업문화에 눈떠서 돈벌이에 혈안이 되어 결국 불행한 삶을 살게 될까 봐 염려스러웠다. 사진을 찍었더니 꼭 보내달라며 적어준 주소는 이곳이 아니라 레에 있는 친구네 주소라고 했다.

샹 촉도부터는 길이 좋았다. 개울가를 따라서 보리밭과 유채밭이 보이고 평화롭게 느껴지는 집들이 드문드문 들어서 있었다. 햇살이 기우는 산비탈에서 양치기들이 양들을 돌보는 모습도 보였다. 섬다ssumda라는 작은 마을에 도착했다. 두 줄기 계곡이 모여 하나의 큰 강을 이룬 물가에 자리 잡은 마을이었다. 이제 겨우 사람이 사람답게 사는 세상에 도착한 것이다.

샹 촉도의 양 떼. 온종일 풀을 뜯어 먹지만 양이 차지 않아 슬프게 운다.
애처로운 소리가 골짜기 곳곳에 메아리친다.

개울 건너편 풀밭에 텐트를 쳤다. 조세프는 민가에 가서 나무를 한 짐 사들고 와 캠프 파이어 준비를 했다. 나는 텐트 뒤에 숨어서 옷을 벗고 반바지 차림으로 몸에 생긴 물집과 물집이 터져서 생긴 딱지를 찾아 연고를 발랐다. 그런 상처가 몇 군데나 되는지 세어 보니 열 군데도 넘었다.

상처를 햇볕에 소독하며 일기를 쓰고 있는데 조가 다가왔다.

"날마다 뭘 그렇게 쓰냐?"

"일기다. 이 일기를 토대로 기행문을 쓸 거다."

"써서 책을 내려는 거냐?"

"아직은 모른다. 우선은 신문이나 잡지에 싣게 될 거다."

"만약 책을 내면 내게도 보내다오. 내 친구 중에는 한국어를 잘하는 사람이 있다."

"그래, 반드시 보내주겠다. 네 주소를 다오."

그녀가 적어준 주소는 영국의 웨스트 미들랜드 지방이었다.

"런던에 산다더니?"

"일 년 뒤에나 여행을 마치고 영국에 돌아가게 된다. 가면 집을 다시 얻어야 한다. 이건 내 부모가 사는 시골집 주소다. 내게 책을 보내주면 나는 네게 최고급 위스키를 한 병 보내주겠다."

"말만 들어도 취한다. 고맙다!"

저녁을 먹자마자 밤이 되었다. 조세프는 모닥불을 피우고 일행들은 모닥불에 둘러앉아 젖은 신이나 양말 등을 말렸다. 나는 멀찍이서 그 모닥불을 바라보다가 텐트 속으로 들어가 잠을 청했다. 얼핏 잠이 들 무렵 텐트에 굵은 빗방울이 떨어지기 시작했다. 모닥불 가에 있던 일행들이 서둘러 텐트로 대피하는 소리가 들려왔다. 나도 밖으로 나가 막대기로 텐트 주변에 고랑을 파서 물길을 내고 들어왔다.

소나기가 한바탕 기세 좋게 퍼부으려는가 보았다. 번쩍 하고 번개가 칠 때마다 텐트 안이 대낮처럼 밝아졌다. 워낙 깊고 큰 산중이라 천둥소리가 쩌렁쩌렁 온 골짜기에 메아리친다. 전율, 또 전율……. 그 옛날 천지개벽하는 소리가 이와 같지 않았을까.

군 입대를 위한 신체검사 때 정신 감정을 위한 설문지에는 천둥소리를 들었을 때의 느낌을 묻는 문항이 있었다. 거기에 대한 4개의 답 중에 내가 동그라미를 친 답은 '아무렇지도 않다' 였다. 그러나 사실은 그 밑에 있는 '음악처럼 느껴지고 흥분되며 춤을 추고 싶다' 였다.

지금은 천둥소리를 고요한 마음으로 듣는다. 대자연이 전하는 어떤 메시지가 있는 것 같았다. 천둥소리를 들으니 그동안의 죄를 용서받은 듯 마음이 가벼워졌다.

천둥 번개는 약 30분간 계속해서 감동적으로 이어졌다. 이 세상 음악이 아무리 장엄한 교향곡일지라도 이 경천동지의 대자연 음악에 비하면 유치원 아이들이 두드리는 실로폰 소리에 불과하다.

계곡을 파고드는 자동차 도로

7월 24일. 물소리, 새소리, 말방울 소리에 깨어나 보니 5시 30분이었다. 개울 건너편으로 가서 뒤를 보았다. 서쪽 하늘, 어제 해가 진 자리에 크고 노란 별 하나가 박혀 있었다. 바지를 추켜 입고 보니 그 별이 어느새 모습을 감추었다.

우리가 빠져 나온 추길모 계곡에는 검은 구름이 고여 있고 동쪽 하늘에는 푸르딩딩한 구름이 엉켜 있었다. 짙은 남색으로 뚫려 있는 낮은 하늘에는 끝이 꼬부라진 반달이 떠 있었다.

오늘이 8일간 이어진 마카밸리 트레킹 마지막 날이다. 서울 떠난 지는 겨우 23일

천 년 순정의 땅, 히말라야를 걷다

트레킹을 마치고 철수하기 위해 대기 중인 지프에 짐을 싣고 있다.

째지만 어느덧 반 년도 더 지난 것 같았다.

아침 먹고 헤미스 곰파 쪽으로 빠져 나갔다. 더웠다. 추위에 덜덜 떨던 때가 바로 어제인데 오늘은 비지땀을 흘리며 걷다니……. 두 시간쯤 걸으니 공사를 하다가 중단된 도로가 나왔다. 이 도로는 계속해서 추길모 계속을 파고들 것이다. 우리나라의 설악산이나 지리산 곳곳에 도로가 나 산이 파괴되듯이 이곳의 산도 자동차 도로로 파괴될 것이다.

헤미스 마을의 경작지로 연결되는 수로를 따라 30분쯤 걸으니 파드마 게스트 하우스의 둘째 아들이 바위 그늘에 앉아 우리를 기다리고 있었다. 그는 두 대의 지프를 대절해서 우리를 마중 나왔다. 기념사진을 찍고 마부들에게 팁을 모아 주고 지프

인더스 게스트 하우스의
주인집 딸이 꽃밭 옆에서
찍은 사진이 걸려 있는 2층
방은 전망이 좋았다.

에 올랐다. 짧은 동안이지만 내 술벗이 되어주며 동고동락했던 심부름꾼 번촉은 못내 서운한 눈빛인데, 일행을 모두 태운 지프는 아랑곳하지 않고 경적을 빵빵 울리며 달려 나갔다.

레에 도착해서 짐을 내린 후 잠시 실랑이가 벌어졌다. 지프 대절 요금을 우리가 지불하게 되었으므로 애니가 발끈한 것이다. 애니는 출발에서 도착까지 모든 비용을 조르가 내기로 했는데 이게 무슨 경우냐고 따졌다. 지프 대절 요금이 터무니없이 비싼 것도 애니의 화를 돋운 원인이었다.

나는 그것보다 파드마 게스트 하우스에서 우리가 묵을 방을 비워두지 않은 것에 화가 났다. 트래킹을 주선했던 조르는 나타나지도 않았고, 조르의 사촌 여동생 돌마

천 년 순정의 땅, 히말라야를 걷다

가 방이 없다며 다른 숙소를 찾아보라고 냉정하게 말했다. 갑자기 오만 정이 다 떨어졌다.

우리는 파드마에 맡겨둔 짐을 찾아 들고 뿔뿔이 흩어졌다. 나는 시장이 가까운 '인더스 게스트 하우스'로 짐을 옮겼다. 수더분해 보이는 주인 여자는 내게 방 열쇠를 주면서 "일본인?" 하고 물었다. 한국인이라고 대답하자 그녀는 반색을 하며 몇 년 전에도 한국인들이 다녀갔다고 말해주었다.

내 방은 2층. 전망 좋은 창이 있고 사방 벽에 배우나 가수들의 사진이 붙어 있었다. 그리고 방을 꾸민 주인공이 분명한 라다크 여학생의 사진이 눈에 띄었다. 주인 여자는 사진 속의 여학생이 도시에 유학 중인 자신의 딸이라고 설명했다. 그러니까 이 방은 주인 딸이 쓰던 방이다.

산맥은 더 이상 기괴하지 않다

커튼으로 광선을 가린 후 푹 자고 나니 어느새 저녁 5시. 더운 물 두 양동이를 얻어 샤워를 한 후 거울을 보니 콧잔등 껍질이 흉하게 벗겨져 있었다. 깨끗한 옷으로 갈아입고 시내로 나갔다. 6시에 지난 8일간 트레킹을 함께 한 일행들과 쫑파티를 하기로 약속했기 때문이다.

드림랜드 레스토랑 앞에 쭈그리고 앉아 있으니 맨 먼저 조와 마크가 나타났다. 이어 조세프와 애니, 루드와 페트라도 손을 흔들며 걸어왔다.

우리는 제법 고급스러운 레스토랑에 들어가 저녁을 시켜 먹었다. 맥주도 세 병 시켰다. 하지만 조와 나만 달게 마셨을 뿐 다들 몇 모금 마시지 않았다. 외국인들이라서인지, 나만 짝이 없는 외톨이어서인지 별로 유쾌하지 않아 빨리 이 자리가 끝났으면 싶었는데 마침 조가 계산서를 청했다. 각자 자기네가 시킨 음식 값을 지갑에서 꺼내 셈을 치렀다.

일행들과 악수를 나누고 헤어지는데 조가 말했다.

"김, 어디 가서 한잔 더 하는 거 어때?"

반가웠다. 나도 조에게 한잔 더 하자고 할 참이었기 때문이다.

"좋아, 가자. 내가 좋은 곳을 안다."

앞장을 서서 조금 가다가 뒤를 돌아보니 조만 따라오고 마크는 내게 손을 흔들고 있었다.

"조, 우리 둘만 가는 거냐?"

"마크는 호텔에 가서 쉬고 싶대."

마크는 어느새 돌아서서 걸어가고 있었는데 그의 뒷모습이 왠지 쓸쓸해 보였다.

우리는 테이블마다 등잔이 있는 정원식 레스토랑에 들어갔다. 전에 들렀던 집이다. 그때는 존 바에즈의 노래가 흘러 나왔는데 오늘은 밥 딜런이다. 손님들이 제법 많았다. 대개 서양 사람들이었다.

옷은 서양 사람처럼 입었지만 이곳 태생이 분명한 청년들은 아마도 트레킹이나 관광 안내원들일 것이다. 음악에 맞춰 발장단을 맞추는 모습이 경망스러웠다. 우리는 크고 둥근 테이블의 한쪽 모서리에 나란히 앉았다. 웨이터에게 뜨거운 홍차와 위스키를 시키고 담배를 한 대씩 나눠 피웠다. 둘 사이의 어색한 침묵이 싫어서 내가 먼저 말문을 열었다.

"즐거운 여행이었어!"

"나도 그렇게 생각해."

"마크에게는 너무 힘든 여행이었던 것 같다."

천 년 순정의 땅, 히말라야를 걷다

마카밸리 트레킹을 마친
트레커들이 가이드들과 기념
사진을 찍었다.

"그러나 무사히 마쳤잖아."

"둘만 남아서 술을 마시게 되어서 무척 행복해!"

"한국 남자들은 모두 너처럼 술을 좋아하냐?"

"옛날에는 그랬지만 요즘은 그렇지 않아. 나만 해도 옛날 사람에 속한다."

"너 전에 몇 살이라고 했더라?"

"마흔 살. 서양 나이로는 서른아홉 살이다. 참, 조세프는 몇 살이냐?"

"마흔다섯 살이다."

"그럼 애니는?"

"스물여섯 살이라더라."

"참 이상해!"

"뭐가?"

"조세프의 손에는 애니가 아니라 '린다' 라는 여자의 이름이 새겨져 있더라."

조는 입에 대던 술잔을 내려놓고 켈켈켈 웃는다.

"김, 너 전에 내 어깨의 돌고래 문신을 보았지?"

"그래, 네가 고등학생 때 수영코치가 새겨주었다며?"

"그때는 그가 내 애인이었어. 사람은 성장하면서 변하잖아. 그건 전혀 이상한 게 아니야."

독한 위스키가 몸 구석구석 퍼졌다. 마음에 드는 서양 여자와 단 둘이서 위스키를 마시며 노닥거리는 재미에 도끼 자루 썩는지도 모르고 넉 잔째 위스키를 시켰다. 넉 잔째부터 조는 싱글로 시키고 나는 계속 더블이다.

결국 우리는 여섯 잔씩 마셨다. 나는 여섯 잔 모두 더블, 조는 넉 잔째부터 싱글. 둘 다 흠뻑 취했다. 내가 술값을 내려고 했지만 조는 기어코 반을 냈다. 너무 늦은 시간이어서 나는 조를 바래다주기로 했다. 걸으면서 조가 말했다.

"나는 지난 십 년 동안 자전거를 타고 다니며 일했어. 런던의 내가 일하는 동네에서 사람들은 나를 '바이크 조'라는 별명으로 부르지. 그들은 세워둔 자전거를 보고도 그게 내 자전거인 줄 알아. 내가 잘 걷는 것은 아마 자전거 때문일 거야."

이 말을 마치고 한동안 묵묵히 걷던 조는 호텔이 저만큼 보이는 지점에 와서 걸음을 멈추고 말했다.

"나도 너처럼 계속 트래킹을 하고 싶어. 하지만 마크에게는 무리야."

"안됐네. 너는 곧 마크와 함께 히말라야 밑으로 내려가야겠구나."

"아니야. 김, 내 말을 잘 들어라. 나는 마크와 함께 가지 않아도 된다. 마크는 내려가도 나는 혼자 남을 수 있다…… 무슨 말인지 알아듣겠니?"

솔직히 무슨 말인지 애매했지만 알아듣겠다고 대답했다. 조는 아무 말 없이 내 눈을 응시하다가 힘없이 손을 내밀었다. 우리는 악수를 하고 헤어졌다.

천 년 순정의 땅, 히말라야를 걷다

돌아오는 길에 생각해보았다. 내가 잘못 들었는지도 모르지만 조의 마지막 이야기는 나와 함께 잔스카르로 떠나고 싶다는 뜻이었는지도 모른다.

조와 함께 잔스카르를 트래킹하는 것이 싫지는 않다. 아니 은근히 바라는 바인지도 모른다. 그녀는 건강하고 착하며 용감한 여자였다. 서로 통하는 점도 많았다. 게다가 영어가 서툰 나도 알아들을 수 있을 만큼 쉬운 영어를 사용한다. 그러나 나로서는 마크와 조가 여기까지 와서 헤어지는 원인을 제공할 수는 없었다. 어쩌면 내가 조의 말을 잘못 이해한 것인지도 모른다. 언제 봤다고 조가 나와 동행하기를 원하겠는가.

내 숙소인 인더스 게스트 하우스의 문은 잠겨 있었다. 밤 10시 이후에는 문을 잠그다던 주인 여자 말이 생각났다. 차마 큰 소리도 못 지르고 고양이 우는 소리로 "줄래…… 줄래……" 애처롭게 하소연하고 있으니 2층의 불 켜진 창문이 열렸다. 주인이 아닌 서양 남자가 나와서 문을 열어주었다. 미안하다고 거듭 사과하고 방에 들어왔다. 술 먹고 밤늦게 돌아다니는 버릇은 여기 와서도 여전하다.

05

아침저녁으로는 밀밭 논두렁이나 돌담을 둘러친
골목을 따라 산책을 다녔다. 밤에는 '왕궁 가는 길'의
노파네 선술집에서 창을 마셨다. 그 선술집의
단골손님은 주로 네팔에서 품 팔러 온 가난한
노동자나 마부들이었다. 말은 통하지 않지만 피차
술꾼이라는 점에서 우정을 느꼈다.

제 5 장

잔스카르를 향하여

별들이 스러지면 시를 쓴다

7월 25일 아침 9시, 별채에 가서 차와 짜파티로 아침을 해결했다. 별채는 서양식 건물이지만 라다크 특유의 거실 겸 부엌으로 꾸며져 있었다. 3면의 벽에 큰 유리창을 이어 달아 햇빛이 잘 들어오는 실내였다. 두 사람씩 앉을 수 있는 티베트 양탄자를 벽을 따라 늘어놓고, 그 앞에 길쭉한 탁자를 놓아 여러 사람이 빙 둘러앉아 차를 마시거나 식사를 할 수 있게 되어 있었다.

라다크 식으로 구운 빵과 버터 차로 식사를 마치고 일어설까 하는 참인데 젊은 동양 여자 한 사람이 실내로 들어왔다. 나처럼 이 게스트 하우스에 투숙 중인 여자가 분명한데 옷차림이 특이했다. 푸른색 계통으로 나염을 한 인도풍의 비단 바지와 블라우스를 입고 머리에도 같은 천으로 만든 스카프를 둘렀다.

무슨 예술을 하는 여자이거나 히피족처럼 보이는 이 여자는 무릎을 세우고 쪼그리고 앉아 담배를 피워 물었다. 어딘가 청승맞은 구석이 있는 이 여자는 아무래도 일본인 같았다.

"실례지만 일본인이냐?"

천 년 순정의 땅, 히말라야를 걷다

“그렇다. 일본인이다. 그러는 당신은?”

“한국인이다. 김이라고 한다.”

“내 이름은 나가가와다. 반갑다.”

“저, 미안하지만 담배 한 대 빌리자. 내 것은 방에 놓고 왔다.”

나가가와는 일주일 전에 왔다고 한다. 일주일 동안 뭘 하고 지냈느냐고 물었더니 더듬더듬 재미있는 대답을 들려주었다.

“낮에는 주로 잔다. 저녁이 되면 창가에 앉아 별이 뜨기를 기다린다. 첫 별이 뜰 때 성냥을 그어 담배를 피운다. 이곳 밤하늘은 너무 아름답다. 차가운 공기를 마시며 밤하늘을 바라보는 것만으로도 나는 행복하다. 새벽이 되면 별들이 스러진다. 동이 트고 마지막 별이 스러지면 아침까지 시를 쓴다.”

“너는 시인이냐?”

“유명하지는 않다. 또 유명해지기를 원하지도 않는다. 다만 쓰고 싶어서 쓸 뿐이다.”

“직업은 뭐냐?”

“보다시피 지금은 여행자일 뿐이다.”

뭐 그런 유치한 걸 물어보냐는 듯한 표정이어서 쑥스러웠다.

“괜한 걸 물었다. 미안하다. 나중에 또 보자.”

방에 올라와 한숨 더 자고서 뭘 좀 먹으러 시내에 나가다가 큰길에서 조와 마크를 만났다. 나는 반갑게 인사를 건넸다. 그런데 웬일인지 조는 마지못해 인사하는 것 같았다.

“어디 가니?”

“터미널에 표 끊으러 가.”

“어디 가는 표?”

사부 약수터 가는 길의
초텐에 올려진 야크의 뿔들.

"내일 캐시미르로 내려간다."

"왜 그렇게 빨리……?"

조는 시계를 보더니 내 말꼬리를 툭 잘랐다.

"바빠서 이만 가야겠다. 나중에 또 보자."

조는 돌아서서 저만치 가고 마크가 힘없이 손을 내민다.

"안녕."

"그래, 잘 가."

그저 어리둥절할 따름이었다. 조는 어젯밤 둘이 술 마실 때와는 너무 달라져 있었다. 왜 화난 사람처럼 냉정하게 구는 것일까. 아무리 생각해봐도 이유는 하나밖에 없었다. 어젯밤 조가 내게 한 말은 나와 함께 잔스카르 트레킹을 하고 싶다는 뜻이었다. 그러나 그 말을 이해하지 못한 나는 결과적으로 조의 제의를 묵살해버린 셈이다. 그래서 조는 자존심을 상했다……. 그렇지 않다면 조의 태도가 하루아침에 돌변할 이유가 없었다. 조에게 몹시 미안했다. 내가 좀더 눈치 빠르고 현명하며 영어를 잘할 수 있었더라면 그렇게 섭섭하게 헤어지지는 않았을지도 모른다.

천 년 순정의 땅, 히말라야를 걷다

인종 차별인가, 성 차별인가

드림랜드 레스토랑에서 점심을 먹고 나오면서 메모판을 보니 '잔스카르를 함께 트레킹할 사람을 찾는다'는 최근의 메모가 두 장 붙어 있었다. 각각 독일 사람과 영국 사람이 붙인 메모였다.

두 군데 다 찾아가보기로 했다. 우선 가까운 여관에 묵고 있는 독일 사람을 찾아가보았다. 독일 사람은 외출 중이었다. 한 시간 후에 온다는 메모가 붙어 있었다. 그래서 영국 사람부터 만나보기로 했다.

영국 사람이 묵는 여관은 시내 북쪽인데 생각보다 멀었다. 30분이나 걸렸다. 방문을 두드리니 들어오라는 소리가 들려 안으로 들어섰다. 침대에서 일어나려다 말고 다시 길게 눕는 사내가 메모를 붙인 영국 사람인 듯했다. 메모를 보고 왔다고 말하자 그는 누운 채 머리만 약간 들고 성의 없이 대답했다.

"그 계획은 방금 취소되었다. 미안하다."

어이가 없었다. 아니꼽기도 했다. 누워 있는 자를 상대로 서서 말하자니 자존심이 무척 상해서 양해를 구하지 않은 채 나무 의자에 털썩 앉았다.

"왜 포기했느냐? 더 자세한 설명을 듣고 싶다. 여기에 오느라고 나는 아주 오래 걸었다."

"잔스카르 트레킹은 너무 힘들다. 그뿐이다. 자, 이제 그만 돌아가라."

떠밀리듯 밖으로 나왔다. 몹시 불쾌했다. 독일 사람이 머무는 여관에 다시 가보려던 생각이 싹 가셨다. 그만두자. 서양 사람들 틈에 끼어서 하는 트레킹은 지난번 경험으로 충분하다. 이번에는 내 방식대로 꾸려보련다.

울적한 마음도 달랠 겸 K형의 숙소에 가보았다. K형은 살구나무 아래 탁자를 점거하고 앉아 노무라 선생과 함께 자료를 뒤적이며 물을 탄 위스키를 마시고 있었다.

언제 어디서나 당당한 K형은 라다크의 여관에서도 손님이 아니라 주인 같다. 여관의 종업원을 불러 술잔과 의자를 더 가져오라고 시켰다.

물을 탄 위스키를 석 잔쯤 마셨을 때 무진 선생이 들어섰다. 우리는 티베탄 후렌즈 레스토랑으로 자리를 옮겨 저녁을 먹었다. 저녁을 먹고 헤어지기 직전에 무진 선생이 물었다.

"잔스카르 트레킹 계획은 진행이 잘돼 갑니까?"

"아직 대책이 안 섭니다."

나는 잔스카르 트레킹 동반자를 찾는다는 메모를 보고 영국 사람의 숙소를 찾아갔던 이야기를 들려주었다.

"정말 어이가 없었습니다. 인종 차별을 당한 것 같아서 화도 났구요."

"하하하! 제 생각엔 인종 차별이 아니라 성 차별이었던 것 같습니다. 김 선생님이 남성이 아니고 여성이었다면 대접이 달랐을 겁니다."

"듣고 보니 그럴듯하군요!"

"동성 연애자가 아닌 이상 서양인들은 대개 남녀 커플로 움직입니다."

헤어지면서 무진 선생은 이곳 레에서 가까운 사부Sabu라는 곳에 가보라고 했다. 사부에는 맑은 약수가 나오는데 그 물로 씻으면 지난번 마카밸리 트레킹 때 생긴 물집의 상처가 빨리 나을 거란다. 그리고 그곳 사부에는 아주 영험한 오리깔(무당)이 있어서 날마다 굿판을 벌이니 한번 구경해보라고 권했다.

다음날 아침 일찍 버스를 타고 어제 무진 선생이 말한 사부 약수터에 가보았다. 널찍한 늪지대의 진흙 구덩이 속에서 맑고 시원한 물이 흘러 나왔다. 약수로 샤워를 할 수 있는 간이 시설도 마련되어 있었다.

마카밸리 트레킹 때 물집이 생겼던 다리 상처에 차가운 물을 맞으니 금방 나을 것

천 년 순정의 땅, 히말라야를 걷다

사부 약수터 가는 길의 미루나무 숲에서 만난 라다키 모자.

사부 약수터에 소풍 나온 라다키 가족.

사부 감자밭에 김 매러 나온 라다키 아낙네.

처럼 시원했다. 약수터 옆 풀밭에는 아이들을 데리고 소풍 나온 라다크 아낙네들이 있었다. 나를 손짓해 부르기에 가 보니 버터 차를 주었다. 짜파티와 사브지(기름에 지진 야채)도 내놓았다. 짜파티보다 사브지(야채 볶은 것)가 더 맛있어서 주는 대로 사양하지 않고 얻어먹었다.

골목을 알면 떠날 때가 된 것이다

7월 27일. 새벽에 산책을 나갔다. 채소밭 가장자리에 둘러친 돌담 사잇길을 따라 이리저리 걸어다녔다. 감자 꽃이 핀 밭두렁에 우두커니 서 있다가 레에 와서 맨 처음 투숙했던 '렁 스논 게스트 하우스'에 가서 아침을 청했다. 하녀 아무와 함께 병원에 갔던 일이 엊그제 같은데 어느새 한 달이 지나갔다.

렁 스논 게스트 하우스의 주인 아들 스탄진 그리고 마날리에서 트레킹 안내를 한다는 비노트와 함께 아침을 먹으며 잔스카르 트레킹에 대해 의논했다.

비노트는 일행이 3명이면 하루 500루피에 라마유르에서 달차까지 21일에 걸친 패키지 트레킹을 주선해주겠다고 했다. 그러기로 하고 식당마다 돌아다니며 방을 붙였다. 대충 다음과 같은 내용이었다.

"8월 초순에 라마유르를 출발, 잔스카르를 거쳐 마날리까지 약 4주간 함께 트레킹할 사람은 ○○호텔로 와서 김을 찾아라."

여러 날이 흘러갔다. 그동안 K형과 함께 왔던 노무라 선생의 송별회가 있었다. 또 어느 날은 동포들과 어울려 피앙 곰파의 축제를 구경하러 가기도 하고, 대청보사에 가서 자고 오기도 했다. 또 길에서 우연히 만난 일본인 부부와 친교를 맺기도 했다. 일본 동경의 소비자 조합에서 트럭 운전사로 일한다는 후지다는 내가 한국 사람인

천 년 순정의 땅, 히말라야를 걷다

것을 알고 자꾸만 머리를 숙여 인사하며 정중하게 말했다.

"2차 세계대전 때 우리 일본인이 저지른 잘못, 특히 한국인에게 저지른 크나큰 잘못에 대해서는 무어라고 사죄의 말씀을 드려야 좋을지 모르겠습니다."

재미있는 일본인이라는 생각이 들었다. 그렇게 말하는 일본인을 생전 처음 만난 것이다. 그날 나는 후지다 부부를 '왕궁 가는 길'에 있는 노파의 선술집으로 초대했다.

그 사이 거처도 데락스 호텔로 옮겼다. 인더스 게스트 하우스의 2층 욕실 창으로 내다보이던 데락스 호텔의 마당이 무척 아름다워서였다. 어렸을 때 고모님이 운영하던 여관 평남하숙의 꽃밭처럼 과꽃이 아름답게 핀 데락스 호텔……. 그 집의 2층으로 방을 옮기고 나서 오랜만에 평화를 느꼈다.

전망이 좋은 창가에 앉아 상념에 젖기도 하고, 꽃밭 옆 탁자에 앉아 이곳저곳에 편지를 쓰기도 했다. 주인집 식구들과 친해지고 나중에는 주인집 고양이와도 친해졌다. 내가 일기나 편지를 쓰는 동안 고양이는 내 발밑에 와서 엎드려 있곤 했다.

아침저녁으로는 밀밭 논두렁이나 돌담을 둘러친 골목을 따라 산책을 다녔다. 밤에는 '왕궁 가는 길'의 노파네 선술집에서 창을 마셨다. 그 선술집의 단골손님은 주로 네팔에서 품 팔러 온 가난한 노동자나 마부들이었다. 말은 통하지 않지만 피차 술꾼이라는 점에서 우정을 느꼈다. 담배를 나누어 피우고 서로의 잔에 술을 부어주기도 했다. 그러면서 나도 어느새 노파네 선술집의 단골손님이 되었다.

그런던 어느 날, K형과 함께 노파네 선술집 골목을 빠져 나오다가 말했다.

"여행이고 뭐고 다 집어치우고 한 일 년쯤 이렇게 빈둥대며 눌러 살고 싶습니다."

"그렇겠지……. 하지만 이렇게 골목길까지 훤해지면 떠날 때가 된 거야……."

"골목을 알면 떠날 때가 된 것이다. 형님, 그게 바로 시네요."

"정말 그래? 그럼 그 다음 구절까지 들어볼래?"

사부 마을의 어린 소녀들 모습이 더없이 순박하다.

"뜸 들이지 말고 얼른 하세요."

"골목길까지 훤해지면 떠날 때가 된 것이다. 정에 붙들리면 더 이상 방랑자가 아니다. 골목길 끝의 주막집 노파는 물론 우리도 정들기 전에 작별을 나누자. 그것이 바로 하염없는 방랑자들의 숙명……. 어때?"

"참말로 그럴듯합니다."

우리가 레를 떠나야 하는 시간이 다가오고 있는 것은 분명한 사실이었다. 레의 뒷골목에 정드는 동안 두 명의 서양인이 내가 시내 곳곳에 붙여둔 방을 보고 찾아왔다. 처음 찾아온 사람은 놀랍게도 호주 처녀였다. 나오미(23세). 건강하고 발랄해보이는 이 처녀는 나름대로 트레킹에 대한 많은 정보를 갖고 있었다. 나오미는 트레킹 안내업소에게 모든 것을 맡길 필요가 없다고 했다. 밥은 우리가 직접 해 먹으면 되고, 길은 마부가 더 잘 알고 있으므로 안내인도 필요 없다는 것이다. 듣고 보니 옳은 말씀이었다.

"내가 알아본 바로는 라마유르에서 잔스카르 쪽으로 가는 마부와 말 두 마리를 구하는 데는 200루피면 족하다. 말 두 마리면 세 사람의 짐을 실을 수 있다. 따라서 한 사람이 70루피씩 내면 말 값은 해결된다. 식량은 하루 50루피 정도로 계산하면 넉넉하다. 결국 하루 120루피면 충분하다는 결론이 나온다. 트레킹 안내 업소에게 의뢰한다는 건 바보 같은 짓이다."

나는 1인당 10킬로그램의 쌀과 석유 1말, 버너와 압력밥솥, 텐트 2동의 무게만으로도 꽤나 무거울 텐데 말 두 마리만 가지고 되겠느냐고 물었다. 나오미는 고개를 저었다.

"압력밥솥은 필요 없어. 밀가루로 짜파티나 만들어 먹고, 깡통이나 하나 있으면 마부의 버너를 빌려 수프를 만들 수 있다. 또 텐트는 한 동이면 충분해. 추운데 셋이

피앙 곰파의 가면 춤. 산소가 희박한 곳이어서 춤사위가 아주 느리다.

피앙 곰파 축제의 가면 춤.

서 같이 자면 되지 뭐. 그건 그렇고 우리 말고 한 명 더 있냐?"

"아직은 없지만 곧 나타날 거야."

"나도 찾아볼게. 내일 다시 만나자."

다음날 다시 아온 나오미는 "돈 때문에 아무래도 어렵겠다"라고 하면서 "화킹, 머니"라는 종잡을 수 없는 말만 짧게 남기고 총총히 사라졌다.

이튿날 또 한 사람이 찾아왔다. 캐나다에서 왔다는 크리스(25세). 그도 나오미와 비슷한 이야기를 했다. 트레킹 안내 업소를 배제하고 우리끼리 가자고 했다. 그러나 지난번 마카밸리 트레킹 때 그랬던 것처럼 음식이 문제였다.

나오미나 크리스는 압력밥솥을 필요로 하지 않았다. 굳이 밥을 해 먹을 이유가 있느냐는 것이다. 분말 수프나 우유를 타 마시고, 밀가루로 짜파티를 만들어 먹고, 간식으로 통조림과 초콜릿과 사탕이나 케이크 등을 준비하면 족하다는 것이다. 크리스도 나오미처럼 다시 연락하겠다는 말을 남기고 갔다.

동포끼리 뭉쳐서 떠나기로 하다

아무래도 안되겠다 싶어서 무진 선생을 찾아가 내 고충을 털어놓고 동행할 것을 간청했다. 무진 선생은 얼른 대답하지 않았지만 결국 8월 4일 함께 떠나기로 했다. 우리는 텐트부터 구하러 다녔다. 수소문 끝에 티베탄 기념품 상인에게서 3인용 텐트를 40달러에 샀다. 말이 3인용이지 두 사람이 자기에도 좁았다. 그러나 구한 것만 해도 감지덕지해야 할 판이다.

텐트를 구한 이튿날 한국인 한 사람이 내 숙소를 찾아왔다. J씨였다. J씨는 태국과 인도 남부를 거쳐 라다크에 온 지 사흘째라고 했다. 태국에서 벌레에 물린 발등이

레에서 마련한 라다크 전통 공연에서 결혼식을 보여주고 있다.

곪아 무척 고생했다는 그는 라다크에 와서는 고소 적응이 안돼서 고통을 받고 있다며 이내 울상을 지었다.

"도로 내려가려고 비행기표부터 샀는데 보름은 있어야 좌석이 있대요. 이젠 지쳐서 버스 타고 내려갈 엄두도 안 나고…… 어쩌면 좋지요?"

"대청보사에 가서 스님께 잘 말씀드려 보세요. 그 분이라면 이 동네 유지니까 어떻게든 손을 쓸 수 있을 겁니다."

엊그제 일본으로 떠난 노무라 선생의 표도 스님께서 순번을 1번으로 바꿔주었던 것을 생각하고 한 말이었다.

"정말요?"

"하기 나름이지요. 스님께서 인정 있어 보입디다."

J씨는 대청보사로 가서 주방장이 되었다. 그리고 며칠 후 스님은 J씨의 비행기표 순번을 사흘 뒤로 앞당겨주었다.

그런데 문제가 생겼다. 한사코 서울로 돌아가려고 했던 J씨가 우리를 따라 잔스카르로 가겠다고 마음을 바꾸었다. 태국에서 벌레에 물려 곪았던 발도 깨끗하게 나았고 고소 적응도 되어 활기를 되찾은 것이다. 결국 J씨는 애써 순번을 앞당긴 비행기표를 싼 값에 팔아버리고 우리와 합류하기로 했다.

8월 3일. 출발을 하루 앞둔 날이라 몹시 바빴다. 환전하고, 식량과 장비를 구입하고, 짐을 꾸리고 라마유르까지 가는 트럭을 찾아 예약하느라고 이리 뛰고 저리 뛰었다.

우리가 레의 시장에서 산 식량과 장비, 연료 등의 목록은 대충 다음과 같다.

<u>압력밥솥</u> 해발 5,000미터 전후의 고산지대에서 취사를 해야 하기 때문에 밥을 하려면 반드시 압력밥솥이 필요하다. 새것을 150루피 주고 샀다.

<u>석유버너</u> 우리나라에서 쓰는 고급 등산용 버너는 이곳에서는 무용지물이다. 휘발유는 구하기 어렵고 석유를 그나마 조금씩 모을 수 있는데 불순물이 많아서 그을음이 많이 생긴다. 따라서 현지에서 쓰는 엉성한 석유버너가 훨씬 유용하다. 165루피에 샀다. 만약의 경우를 대비하여 수리용 공구와 부속품들도 샀다.

<u>석유 세 초롱</u> 레에서는 면허가 있어야 석유를 배급받을 수 있다. 따라서 외국인들은 길가에서 됫병에 담아 파는 석유를 조금씩 사 모아야 한다. 우리는 단골로 다니던 식당 티베탄 후렌즈 레스토랑에서 한 초롱에 40루피씩 120루피어치를 샀다. 그런데 플라스틱 석유통 값이 또 그만큼 되었다. 이 지역은 석유통이 무척 귀하고 비싸다.

천 년 순정의 땅, 히말라야를 걷다

<u>쌀 20킬로그램</u> 180루피. 그 밖에 채소, 과일, 소금, 라면, 비스켓, 초콜릿, 설탕, 커피, 밀가루, 버터, 통조림류, 손전등용 배터리 그리고 정수약 1통을 샀다.

나와 무진 선생은 개인 장비가 다 있었지만 J씨는 없는 게 많았다. J씨는 침낭, 운동화, 방한 조끼, 양말 등을 샀다. 이날 저녁 레에 체류 중인 한국인 여섯 명이 3차에 걸쳐서 송별회를 가졌다.

그린 듯 선명한 무지개였다. 한쪽 뿌리는 라마유르
곰파에 박혔고, 다른 한쪽 뿌리는 우리가 앞으로 가야 할
잔스카르 쪽에 박혔다. 부랴부랴 카메라를 찾아 두 컷을
찍었는데 필름이 떨어졌다……. 새 필름을 끼우고서
다시 바라보니 무지개는 어느새 희미해졌다.

잔스카르로 뻗은 쌍무지개

서두르다가 짐을 잃어버리다

8월 4일. 정신없이 자다 깨 보니 4시 30분이다. 어제 예약해둔 트럭 출발 시간까지 불과 30분 남았다. 부랴부랴 짐을 챙겨 앞서거니 뒤서거니 골목을 빠져 나와 택시를 탔다. 어느새 동이 텄고 5시가 좀 넘었지만 트럭은 다행히 떠나지 않고 있었다. 길가에서 이를 닦고 있던 트럭 조수가 지정해준 운전석 지붕의 작은 짐칸에 짐을 올렸다.

J씨는 짐 사이에 앉고 무진 선생과 나는 운전석 안으로 들어가 앉았다. 운전석은 생각보다 널찍했다. 터번을 쓰고 콧수염을 기른 시크교도가 운전사였다. 인도의 자동차 운전기사는 거의 시크교도들이며 그들은 절묘한 운전 솜씨로 험한 길을 잘도 달린다고 무진 선생이 말해주었다.

트럭은 30분 후에 출발해 잠시 달리다가 레 시가지 변두리의 어떤 집 앞에서 승객 한 명을 더 태웠다. 트레킹 안내 업소의 조리사로 일한다는 네팔 사람은 취사 장비와 식량 등을 화물칸에 싣고 잘 덮은 뒤 운전석에 올라왔다. 운전사까지 모두 다섯이 앉자니 자리가 비좁았다. 무진 선생은 J씨가 있는 트럭 지붕 위로 올라갔다.

내 옆에 앉은 네팔 조리사의 이름은 고꽐 바하두루 체뜨리. 서른두 살이다. 네팔의 포카라 근처가 집인데 트레킹 철이면 이 고장 트레킹 안내 업소에서 일한다고 했다. 하루 급료는 약 90루피로 우리 돈으로 3,000원이 채 안 된다.

그는 트럭으로 오늘 밤 카르킬에 가서 자고 내일 버스로 파담으로 간 후 거기서 라마유르까지 12일간에 걸쳐 트레커들을 따라다니며 밥을 해준다고 했다. 고되지 않느냐고 물으니 "일해서 돈을 벌 수 있기 때문에 행복하다"며 씩 웃었다.

네팔 사람들은 인도 사람들보다 대체로 선량하다. 내가 아는 무역상인 중에는 인도에 볼 일이 있을 때 네팔에 들러 네팔 안내인을 데리고 인도로 가는 사람이 있다.

약 30분 후 트럭은 또 멈추었다. 많은 트럭이 서 있는 어떤 사원 앞이었다. 운전사와 조수가 내리고, 무진 선생도 내려서 나더러 따라오라고 했다. 시크교의 성인 다섯 명 가운데 한 명이 머물면서 수행했다는 이 사원은 여행자들에게 차와 짜파티를 무료로 준다는 것이다.

무진 선생과 나는 트럭 운전사를 비롯한 시크교도들이 하는 대로 신을 벗고 성전으로 들어가 시크교의 옛 성인이 묵었다는 바위굴 앞에서 참배를 했다. 그러고는 식당 앞에 줄을 서서 차와 짜파티, 사브지를 식판에 배급받아 마당에 앉아서 먹었다. 생각보다 맛있었다. 더 먹고 싶다고 했더니 무진 선생이 나더러 '방랑자 체질'이라며 웃었다.

여러 해 동안 인도를 떠돌아다닌 무진 선생은 이 사원처럼 무료로 음식을 주고 재워주는 사원들을 많이 알고 있었다. 수행자와 거지를 구분하지 않는 나라……. 거지 중에 수행자가 있고 수행자 중에 거지가 있는 게 당연하다고 받아들여지는 나라가 인도일지도 모른다.

그렇다고 아무나 거지 또는 수행자가 되지는 못하는가 보다. 콜타르를 녹여 포장

라마유르 곰파와 보리밭. 우리는 보리밭 초입에 있는 드레곤 호텔에서
하룻밤 묵은 후 잔스카르를 향해 떠났다.

잔스카르 트레킹 초입의
실라 마을 가는 길.

공사를 하는 도로를 지나면서 마주친 노동자들은 인도에서도 가장 가난한 지역인 비하르Bihar 주에서 온 사람들이라고 했다.

본래 피부가 검은 사람들이지만 콜타르 그을음 때문에 얼굴이 더욱 새카맣게 된 이들의 팔다리는 보기 딱하게 여위어 있었다. 노임을 얼마나 받는지, 처자식을 먹여 살리는지, 부모에게 얼마나 송금하는지 모르지만 쳐다보는 일조차 민망할 정도로 비참하기 짝이 없었다.

10시쯤 트럭은 교통 통제소에서 또 멈추었다. 넓은 공터 이쪽저쪽에 각종 트럭들이 무질서하게 늘어서 있었다. 인도 평원에서 물품을 가득 싣고 조지 라를 넘어온 화물 트럭들, 전방으로 배치되는 군인들을 태운 군용 트럭들, 관광객들을 태운 지프와 버스 들이 뒤죽박죽 섞여 있었다.

고요하고 거룩했던 구름 너머 땅 라다크가 이처럼 교통 체증과 대기 오염에 시달리고 있는 것을 보니 하루빨리 저 광막한 잔스카르로 들어가고 싶어졌다. 교통 통제

천 년 순정의 땅, 히말라야를 걷다

소의 통행 허가가 떨어지려면 아직 먼 모양이다. 트럭의 조수가 압력밥솥을 꺼내 밥을 지었다. 쌀을 대충 헹구고서는 그냥 운전석 바닥에 석유버너를 켜더니 압력밥솥을 올려놓았다.

반대편에서 잇달아 오는 군용 트럭에서 내린 인도 군인들은 먼지가 풀썩풀썩 풍기는 땅바닥에 털썩 주저앉아 도시락을 펴놓고 호떡 모양의 짜파티를 먹었다. 나도 많이 먹어봤지만 짜파티는 아무 맛도 없다. 내게는 허기나 채우는 여물 같은 것인데 그들은 아주 맛있게 뜯어먹었다.

우리는 천막 매점에서 감자와 양파를 섞어 튀긴 파코라pakora를 사먹다가 속이 느끼해서 과일 통조림이나 하나씩 꺼내 먹으려고 했다. 그런데 그 상자가 없었다. 아무리 찾아도 보이지 않았다. 새벽에 너무 서두르느라고 빠뜨린 것이다. 어쩌면 길에 놓아두었거나 택시에 두고 내린 것인지도 모른다.

안타깝게도 제일 비싼 것들이 들어 있는 상자였다. 각종 통조림, 초콜릿, 차, 수프, 배터리 그리고 조금이긴 하지만 된장이 들어 있었다. 잔스카르는 사치스러운 물품을 거부하는지도 모르지만 억울하기 그지없었다. 함께 탄 네팔인이 그랬듯이 우리도 숙소 앞으로 차를 불러 짐을 싣는 것이 훨씬 현명한 일이었음을 뒤늦게 깨달았다.

맥이 빠져서 트럭 지붕 꼭대기에 멍청하게 앉아 있다가 사방을 둘러보니 낯익은 여행자들이 눈에 많이 띄었다. 데락스 호텔에 같이 묵었던 수다스런 프랑스 아줌마들, 야외 식당에서 본 한 쌍의 프랑스 남녀도 우리처럼 화물 트럭 꼭대기에 앉아 있었다.

한 시간이나 지체한 끝에 트럭은 떠났다. 곧 오르막길이 나타났는데 꼬불꼬불해서 아주 위험해보였다. 나는 잠시 무진 선생과 함께 운전석 지붕 위에 앉아 있다가 현기증이 나서 화물칸으로 내려섰다.

오후 3시, 라마유르에 도착했다. 버스를 타면 다섯 시간 걸리는 거리를 아홉 시간 걸려 왔다. 도중에 검문이 두 번 있었고, 짐칸에 소를 올리느라고 계속 늦어진 것이다.

한 달 전, 이 지역을 처음 통과할 때와는 느낌이 전혀 다르다. 그때는 초행이었고 혼자였으며 몹시 지쳐 있었다. 잔스카르를 트레킹하겠다는 생각도 사실은 너무 막연한 구석이 많았다. 그러나 이제는 든든한 동행자도 생겼고, 경험도 쌓였으며, 필요한 정보와 장비를 갖추고 다시 왔다. 나는 아주 뿌듯한 마음으로 문 랜드와 곰파 그리고 잔스카르와 히말라야 연봉을 바라보았다.

마부와 벌인 간단한 흥정

곰파 밑 드래곤 호텔 2층에 짐을 부려놓은 우리는 땀으로 흠뻑 젖었다. 기진맥진해서 쉬다가 종업원에게 말과 마부에 대해서 묻자 곰파 위 큰길가에 있는 마장馬場에 가서 알아보는 게 제일 빠르다고 한다. 한 달 전에 이곳을 처음 지나갈 때 본 바로 그 마장을 말하는 게 틀림없었다.

J씨를 남아 있게 한 후 무진 선생과 나는 마장이 있는 도로변으로 올라갔다. 우리가 수집한 정보에 의하면 이곳에는 두 종류의 말이 있다. 하나는 이 지방 말인데 한 마리 빌리는 데 300루피 가량 한다. 그러나 히마찰 주의 마날리 방면에서 온 말은 100루피 정도면 구할 수 있었다. 말에게 먹일 풀을 구하기 어렵고 값이 비싼 이 고장을 한시바삐 떠나야 하는 타관 마부들의 말이 쌀 수밖에 없는 것이다.

마장 옆의 선술집은 과연 마부들로 북적거렸다. 빙 둘러앉아 왁자지껄하게 술을 마시는 마부 중에는 너무 취해서 고개를 숙이고 졸다가 앞으로 고꾸라지는 마부도 있었다. 누군가 그를 일으켜 앉혀놓으니 잠시 후에는 뒤로 발랑 나자빠졌다.

아수라장이었다. 이런 사람들을 상대로 말을 흥정하기는 어렵겠다 싶어 말들이

천 년 순정의 땅, 히말라야를 걷다

있는 마장 안으로 들어가보았다. 이제 막 도착한 것이 분명한 말들과 마부가 보였다. 새카맣게 탔지만 젊고 미남인 마부는 한쪽 귀에 귀걸이, 목에는 목걸이를 해서 다소 불량스럽게 느껴졌다. 무진 선생이 그에게 영어로 물었다.

"어이 친구, 너 마날리 마부냐?"

"그래, 마날리 마부다."

"어디에서 오는 길이냐?"

"달차에서 파담을 거쳐 콩마루 라를 넘어 헤미스까지 이십일간 트레킹을 따라다녔다. 아주 예쁜 네덜란드 여자들과 함께 말이다. 헤미스에서 여기까지 오는데 이틀이 걸렸다."

"이제 어디로 갈 작정이냐?"

"아직 모른다. 하지만 빨리 마날리로 돌아가고 싶다."

무진 선생이 내게 우리말로 말했다.

"제대로 만났나 봐요. 영어도 곧잘 하는군요."

"흥정해보고 괜찮으면 내일 당장 떠나자고 해보시죠."

우리의 흥정은 간단하게 끝났다. 말 한 마리에 130루피씩 세 마리를 얻기로 한 것이다. 시세보다 좀 비싸지만 이 마부는 심부름꾼과 안내인까지 겸하겠다고 나섰다. 또 자기가 몰고 온 다섯 마리의 말 중에서 두 마리는 예비용으로 몰고 다니다가 힘들 때 태워주기도 한다는 바람에 아예 하루 400루피씩 주기로 하자 마부는 기분 좋게 웃으며 한마디 다짐해두었다.

"긴 여행이다. 그래서 최소한 열흘에 하루씩은 쉬어 간다. 미리 말하지만 쉬는 날도 말 값은 내야 한다. 다들 그렇게 한다."

"좋다, 그러기로 하자. 그런데 네 이름은 뭐냐?"

제6장 잔스카르로 뻗은 쌍무지개

나이에 비해 젊은 마부 새루.
가슴 아픈 사연을 가진
주정뱅이임을 나중에야 알았다.

"새루, 홀스맨 새루. 남들이 다 그렇게 부른다. 여기를 봐라."

새루는 팔을 걷어 보여주었다. 영문으로 'SARU' 라는 푸른 문신이 조그맣게 새겨져 있었다. 그 문신은 오래 전에 함께 트레킹을 한 프랑스 팀의 리더가 새겨주었다고 한다.

계약금으로 우선 200루피를 주고 나머지는 트레킹이 끝난 후에 주기로 했다. 다음 날 아침 7시에 호텔 앞에서 만나기로 하고 헤어졌다.

돌아오는 길에 마을에서 한 쌍의 서양 남녀를 만났다. 남자는 분명히 서양 남자인데 여자는 어딘지 모르게 우리나라 여자를 닮았다. 내가 "줄래" 하고 인사를 건네자 여자도 "줄래" 하고 인사를 한 후 한참 쳐다보더니 우리의 국적을 물었다.

천 년 순정의 땅, 히말라야를 걷다

"우리는 한국 사람이다."

"안녕하십니까?"

"어, 우리말 할 줄 아는군요!"

"조금 해요. 서울, 경주, 부산, 송광사에 가봤어요."

"당신은 어느 나라 사람입니까?"

"미국……."

여자는 무언가 더 말하고 싶은 눈치인데 얌체같이 생긴 대머리 서양 남자가 여자의 팔을 잡는다. 그만하고 어서 가자는 뜻이었다.

"잘 가요."

"그래, 나중에 또 봐요."

마지막 인사말은 영어로 한 여자, 아무래도 우리 피가 섞인 것 같았다. 코와 눈은 서양 여자지만 새까만 머리카락이며 뒷모습이 딱 우리나라 처녀다. 하지만 라틴계일지도 모른다.

어느덧 훌쩍 한 달이 지나가고

드레곤 호텔로 돌아왔다. 말이 호텔이지 형편없는 싸구려 여인숙이다. 우리가 얻은 2층 방은 유리창이 하나 깨져 있었지만 전망은 참 좋았다. 아래층 식당에서 인도 라면을 먹고 와 식량과 장비를 점검하고 있는데 아무리 찾아도 랜턴이 없었다. 새벽에 너무 급히 서두르느라고 데락스 호텔에 두고 온 것이다.

갑자기 하늘이 어두워지고 바람이 불더니 소나기가 내렸다. 깨진 창으로 비 냄새가 솔솔 들어온다. 창가에 서서 비 오는 풍경을 보고 있다가 깜짝 놀라 소리를 질렀다.

"앗! 쌍무지개다. 봐요, 쌍무지개가 떴어요."

그린 듯 선명한 쌍무지개였다. 한쪽 뿌리는 라마유르 곰파에 박혔고, 다른 한쪽 뿌리는 우리가 앞으로 가야 할 잔스카르 쪽에 박혔다. 부랴부랴 카메라를 찾아 두 컷을 찍었는데 필름이 다 됐다. 하필 이런 순간에 필름이 다 되다니……. 새 필름을 끼우고서 다시 바라보니 무지개는 어느새 희미해졌다. 이럴 줄 알았으면 그냥 바라보기나 하는 건데…… 아쉽기 짝이 없었다.

초등학교 1학년 여름방학 때 처음 본 이후 두 번째 마주친 쌍무지개다. J씨와 무진 선생은 난생 처음 쌍무지개를 보았노라고 했다.

음력을 따져 보니 오늘 아니면 내일이 칠월 칠석이다. 1년 중 비 오는 날이 거의 드물다는 라다크 땅에서도 칠월 칠석에 비가 내리고 무지개가 서는 게 여간 신기하지 않았다.

J씨가 통조림이 없으면 영양실조에 걸린다고 계속 통조림 타령을 늘어놓는 바람에 할 수 없이 통조림을 구하러 밖으로 나가보았다. 두 가게가 있는데 눈을 씻고 찾아도 통조림 종류는 없었다. 라마유르 곰파 식당에도 가보았지만 역시 구할 수 없었다.

통조림은 결국 우리가 묵는 드래곤 호텔의 식당에서 찾아냈다. 가까운 데 두고 멀리 돌아다닌 것이다. 300루피 주고 인도 군용 참치 통조림을 열 개 샀다. 종업원에게 부탁하여 마을에서 담근 아락(증류식 소주)도 두 병 샀다. 히말라야 산신령께 바칠 입산 신고주다.

술잔을 돌리는데 J씨가 잔뜩 침울한 얼굴을 하고 있었다. 발등이 부어올라서 못 마시겠다는 것이다. 방콕에서 벌레에게 물린 자리가 덧나서 곪았던 발등, 완치된 걸로 알았는데 다시 부어올랐다고 한다. 어젯밤 송별주를 너무 많이 마셨고, 오늘 무리하게 짐을 진 탓에 덧난 것이다. 이건 보통 문제가 아니다.

실라 마을의 흙담 위로 조랑말이 머리를 내밀었다.

맨 위에 보이는 건물이 사원이다. 불교를 떠난 삶은 생각조차 할 수 없는
라다키들이 사는 마을은 어디나 이처럼 집 아래 산비탈에 자리 잡고 있다.

“약은 있습니까?”

“소독약 조금 하고 지난번에 먹다가 배낭 속에 처박아 둔 항생제가 세 알쯤 남았어요.”

“그걸로 가라앉을까요?”

“모르지요.”

“가라앉는다 해도 오래 걸으면 또 부어오를 텐데…….”

우리가 가는 곳은 병원이나 약국은커녕 민가조차도 드문 지역이다. 상처가 심해져서 병원에 가야 할 지경에 이르면 다시 돌아와야만 한다. 발이 낫기를 기다렸다가 떠나는 방법도 생각해보았다. 그러나 완치되기 전에는 무리였다. 완치되기까지 일주일이 걸릴지 열흘이 걸릴지 알 수 없었다. 결론은 트레킹을 포기하는 것이다.

밤이 되자 무지개가 섰던 하늘에 달이 밝았다. 반달이다. 조지 라를 넘어 라다크 땅에 들어섰을 때 본 상현달이다. 벌써 한 달이 지나간 것이다. 종이에 인쇄한 달력이 아니라 하늘의 달을 보고 날 가는 것을 헤아리는 것은 얼마나 멋진 일인가. 한 달 전 저 달이 떴을 때 조지 라를 넘어온 영국 여자 조는 지금쯤 어디에 있을까. 마크와 잘 지내고 있을까.

무진 선생은 침대에 앉아 피리를 불고 나는 달을 보며 아락을 마신다. J씨는 이불을 뒤집어쓰고 잠들었다.

J씨와의 섭섭한 이별

8월 5일 아침 6시. 밖에 나가 뒤를 보고 오니 J씨가 배낭을 뒤적거려 어제 레 시장에서 산 조끼, 양말, 전지 등을 침대에 꺼내놓는다. 트레킹을 포기한다는 뜻이다.

라마유르로 마실 가는 라다키 아낙과 자녀들의 정겨운 모습.

실라 마을의 소녀. 흰 조랑말을 끌고 라마유르에 가는 길이라고 했다.

"발이 아파서 지난밤에 한잠도 못 잤습니다. 죄송합니다. 본의 아니게 심려를 끼쳐드리는군요."

"심려는요. 그런 줄도 모르고 우리끼리 피리 불고 술 마시며 즐겼네요. 미안합니다."

잠시 침묵이 흘렀다. 우리가 무슨 밀명을 띤 특수 공작원이라도 된다면 발을 자르는 한이 있더라고 떠메고 가겠지만 경우가 달랐다. J씨는 빨리 병원이 있는 곳으로 가는 게 현명했다.

임시 회비로 걷었던 1,500루피를 J씨에게 돌려주었다. J씨는 한사코 마다했지만 우리 입장에서는 더 얹어주지 못하는 게 미안할 따름이었다. 그는 이 트레킹을 위하여 멀쩡한 비행기표를 헐값에 무르고 이제는 필요 없는 장비를 사느라고 지출이 많았다.

J씨는 새로 산 침낭과 신발도 우리에게 내밀었지만 사양했다.

"신발은 트럭 운전사에게 주세요. 그걸로 잠무까지의 차비와 식대가 충분히 빠집니다. 침낭은 가지고 다니세요. 트럭 꼭대기에서 그걸 덮고 있으면 덜 추우니까……."

"무진 선생 말씀이 옳아요. 가지고 가세요."

"하지만 이 조끼는 선생님이 입으세요. 가볍고 따뜻합니다."

어제 레의 중고품 시장에서 산 스펀지 조끼를 내민다. 무진 선생은 사양했지만 J씨의 고집에 그만 지고 말았다.

"잘 입겠습니다. 고맙습니다."

아침을 먹고 짐을 마당에 내놓았다. 7시에 온다던 새루는 9시가 되어서야 왔다. 연방 생글생글 웃어가며 미안하다고 말하는데 야단칠 수가 없었다. 그는 말을 매놓고 짐을 실으려다 배가 고파서 도저히 안되겠다며 호텔에 들어갔다. 잠시 후 새루는

천 년 순정의 땅, 히말라야를 걷다

짜파티를 대여섯 장 겹쳐서 손에 들고 우적우적 씹으면서 나왔다.

"새루, 기왕 늦었으니 천천히 다 먹고 해."

"미안, 정말 미안……."

새루는 우리의 짐을 자기가 가져온 커다란 마대 자루에 넣고 굵은 바늘을 이용한 성긴 바느질로 자루를 봉한 다음 차례차례 말 잔등에 올렸다. 익숙한 솜씨다. 금세 떠날 준비가 다 됐다. 이제 J씨와 작별할 차례다.

"서울에서 봅시다."

"무사하시길……."

"어서 떠나세요."

"가시는 것 보고 떠날게요."

섭섭하기 짝이 없었다. 그러나 작별 인사는 길수록 서운해지는 법이다.

말들이 앞서간다. 마부와 무진 선생이 그 뒤를 따른다. 사진을 찍어야 하는 내가 뒤로 처졌다. 황량하고 험준한 산 사이로 난 잔스카르 협곡을 향해서 걸었다. 지난번과는 달리 시작부터 고개를 올라갔다.

새루의 설명에 의하면 날마다 큰 고개를 하나씩 넘어야 한단다. 첫날인 오늘 넘는 고개는 프린크티 라. 그리 높지는 않았다. 3,726미터다. 야트막한 고개지만 비지땀을 흘리며 올랐다.

그런데 무진 선생은 놀랍도록 잘 걸었다. 힘든 기색 하나 없이, 부드러운 율동이 느껴지는 걸음걸이였다. 역시 보통 사람이 아니다. 방금 앞서 걷던 사람이 어느새 고개 마루턱에 올라앉아 조그만 쌍안경을 꺼내 사방을 살피고 있었다.

숨을 몰아쉬며 고개 마루턱에 이르자 내가 오기를 기다리고 있던 새루는 말을 몰고 언덕 아래로 내려간다. 좀 쉬고 싶었지만 뒤지기 싫어서 새루의 뒤를 바싹 따라갔다. 당나귀 다섯 마리를 추월하며 새루가 말했다.

"당나귀는 물 건널 때 나쁘다. 키가 작아서 짐이 물에 젖는다."

"물을 많이 건너냐?"

"잔스카르 쪽에 가면 날마다 건너야 한다."

"다리가 없냐?"

"없는 데가 많다. 가끔 줄로 된 다리가 있지만 말들은 못 건넌다. 강으로 건너야
한다."

고향으로 간다고 말들도 기뻐하다

마을이 나왔다. 실라라는 마을이다. 낙하산으로 천막을 친 매점이 있었다. 라다크는
겨울 동안 교통이 끊어지기 때문에 군대가 낙하산 훈련을 한다고 새루가 설명해주었
다. 그래서 낙하산이 흔하다는 것이다. 레 근교의 스피톡에 있는 공수부대 근처에
가면 헌 낙하산 하나를 보통 600루피 정도에 살 수 있다고 한다.

우리도 텐트 대신 낙하산을 하나 사서 말 잔등에 싣고 다니면 좋았을 걸 하는 생
각이 들었다. 기다란 기둥 하나만 있으면 열 명이 파티를 해도 충분한 천막이 되는
것이다.

휴게소에서는 차와 과자, 망고 주스, 라면 등을 판다. 별 세 개가 박힌 군용 럼주
도 있었다. 새루는 럼주를 거푸 두 잔 마셨다. 어, 요놈 봐라. 요놈이 이제 보니 술꾼
이구나.

"너, 술 좋아하나?"

"없어서 못 마신다. 헤헤헤……."

천 년 순정의 땅, 히말라야를 걷다

이 녀석 오늘 두 시간이나 늦게 나타난 이유가 어제 계약금으로 받은 돈으로 술을 마셨기 때문이리라.

"너 어제 술 많이 마셨구나?"

"그렇다. 친구들이 나더러 행운아라며 한잔 사라고 해서 샀다."

"왜 행운아냐?"

"라마유르에 도착하자마자 당신들을 만났기 때문이다. 하지만 당신들도 행운아다. 나처럼 좋은 마부를 만났으니까."

새루는 어제 여덟 명이서 일곱 병의 럼주를 마셨다고 한다. 그 중 새루가 마신 양은 약 한 병 반. 그렇게 마시고 밤에 텐트에 돌아와 뚝바를 만들어 먹고 잤다고 한다. 지독한 술꾼이다.

"걱정되네……. 술꾼끼리 만났으니 이제 큰일 났네……."

무진 선생이 웃으면서 말했다. 무진 선생은 술을 거의 마시지 않는다. 어젯밤에도 입산 신고주니까 조금만 하겠다며 입만 대고 말았다.

완라를 향해 가면서 새루는 자기 내력을 이야기했다. 새루는 27세로 티베탄 난민 2세인데 법명(불교식 이름)이 카르마 촘벨이다. 그의 아버지는 츠링 촘벨인데 역시 마부다. 이제는 늙어서 달차라는 곳에 정착하여 말 10마리를 기르면서 마부들에게 말을 빌려주고 있다고 한다.

카르마란 업業 또는 북두칠성을 의미한다. 우리식으로 부르면 칠성이다. 새루가 불교도라는 점이 마음에 들었다. 불교도들은 정직하고 착한 사람들이라고 믿기 때문이다. 새루, 아니 칠성이가 말했다.

"마날리에 아내와 두 아들이 있다. 큰 애가 세 살, 작은 애가 이제 6개월이다. 나는 무척 행복하다. 가족이 있는 곳으로 가니까."

황량한 습곡지대를 굽이치는
인더스 강과 강 주변에 일군
보리밭과 미루나무들.
실라에서 완라로 가는 길이다.
잔스카르 트레킹 초입은
이토록 평화스럽다.

칠성이는 계속 지껄였다.

"재수 없으면 라마유르에서 일주일씩 기다리다 돈만 까먹고 그냥 돌아온다. 우리 말들을 봐라. 저놈들도 나처럼 기뻐하고 있다. 먹을 풀이 많은 고향으로 가는 것을 알고 있기 때문이다. 저놈들 지금 배가 고파서 저렇게 빨리 걷는다. 어서 가서 맛난 풀을 배불리 먹고 싶은 거다."

오후 1시, 개울 건너 산봉우리 위에 곰파가 보였다. 완라 마을이다. 라마유르가 그렇듯이 여기도 장방형의 2층집들이 곰파로 오르는 산비탈에 늘어서 있어 산 전체가 하나의 성처럼 느껴졌다. 불교를 떠난 삶은 생각할 수조차 없는 라다크 사람들이 사는 마을은 어디나 이처럼 절 아래 산비탈에 자리 잡고 있었다.

천 년 순정의 땅, 히말라야를 걷다

마부들은 지독한 술꾼들

새루는 절이 올려다보이는 개울가 야영장에 말을 대고 짐을 내렸다. 짐을 내린 말들은 흙바닥에 드러누워 몸부림쳤다. 짐을 졌던 잔등이 헐어 몹시도 가려웠던 것이다.

새루의 텐트는 생각보다 훨씬 컸다. 무진 선생과 나는 교대로 새루의 텐트에 들어가 자기로 했다. 우리의 텐트는 너무 비좁아서 중요한 짐을 넣고 나면 한 사람이 자기에도 빠듯했기 때문이다.

무진 선생은 차디찬 얼음물이 흐르는 개울에 들어가 목욕을 하고 나는 개울 건너 마을을 어슬렁거렸다.

돌이나 흙으로 지은 큼직한 3층집들의 1층은 가축 우리다. 당나귀 두 마리가 얼굴을 내밀고 낯선 사람을 쳐다본다. 1층을 가축 우리로 쓰는 이유는 난방 때문이다. 짐승의 똥을 말려 땔감으로 쓸 뿐만 아니라 짐승의 체온까지도 난방 수단으로 빌리는 것이다.

사람이 사는 2층의 창은 아름답게 치장되어 있었다. 문양을 새긴 목재로 창틀을 만든 방은 거실 겸 부엌이다. 벽 한 면은 번쩍번쩍하게 광을 낸 온갖 부엌살림을 다 진열해놓았으며, 그 앞에 주물로 된 큰 난로가 있어 겨울에는 온 식구가 모여서 잔다.

망루와도 같은 산봉우리의 기도실은 텅 비어 있었다. 기도실 입구에 있는 '옴마니 반메훔'을 새긴 기도 바퀴를 몇 번 굴려보다가 내려왔다.

야영장에는 그 사이 세 팀이 더 와 있었다. 어제 트럭을 타고 오다 교통 통제소에서 만난 프랑스인 커플과 라마유르에서 본 미국 여자(우리나라 처녀를 닮은)와 프랑스 남자 그리고 다섯 명의 이스라엘 사람들(그 중 한 명은 여자)이다. 이들은 파담까지 열흘에 걸쳐서 간다고 했다. 우리 일정의 꼭 반이다.

서양인들의 짐을 싣고 온 마부 두 명은 새루의 아버지 밑에서 일하는 마부들로 새

도무지 길이 없을 것 같은 곳으로 길은 이어져 여행자들의 발걸음을 잔뜩 긴장하게 만든다.

루의 친구들이다. 마부들은 말 먹일 풀을 구하러 간다며 마을로 들어가더니 종무소식이다.

"마부들이 왜 안 오지? 밥 먹을 때가 됐는데……."

"시장하니까 우리끼리 준비하고 있읍시다."

쌀을 씻고 감자를 깎고 하는 중에 마부들이 풀을 짊어지고 왔다. 새루는 우리가 밥을 하려고 준비하는 걸 보고 달려오더니 연방 미안하다며 우리더러 가만히 앉아서 잠시만 기다리라고 한다. 새루의 입에서 술 냄새가 났다. 세 놈이 어디 가서 또 마신 모양이다.

저녁을 먹고 마부들이 모여 있는 텐트에 가 보니 럼주를 마시고 있었다. 나도 어울려서 같이 마시며 노닥거렸다. 이놈들은 아까 마을에 가서 럼주를 두 병 사서 한 병 반을 마시고 반 병을 남겨 와 마시는 중이었다. 지독한 술꾼들이다. 그런데도 나더러 술 한 병을 사라고 은근히 조르는 게 아닌가. 어디 이놈들 얼마나 마시나 보자 싶어서 돈을 주었다.

초두라는 이름의 마부가 마을에 가서 럼주 한 병을 더 사왔다. 초두는 사흘 동안 밥을 안 먹고 럼주만 마셨다고 한다. 어디서 본 듯하다 싶더니 어제 주막집에서 앞으로 고꾸라지고 뒤로 자빠지고 하던 바로 그 마부다.

얼큰해진 마부들은 노래를 불렀다. 새루에게 노래의 뜻을 물으니 대충 다음과 같이 설명해주었다.

아가씨 아가씨, 입술연지 바르고 어디를 가시나?
총각을 찾는다면 힘세고 멋진 사나이 마부에게 오세요.
쪼이나 쪼이나 쪼이나 쪼이나 뽀뽀 한번 합시다!

천 년 순정의 땅, 히말라야를 걷다

60년대에 우리나라 군부대 앞 작부 집에서 흔히 부르던 속요와 곡조나 가사가 비슷했다. 말과 함께 거친 황야를 오가는 마부 인생의 한 단면을 보는 듯하다. 불콰하게 취한 새루가 내게 보여줄 게 있다며 주머니를 뒤지더니 낚싯바늘과 덫을 꺼낸다.

"이건 비둘기 덫이다. 이건 물고기 잡는 낚싯바늘과 줄이다. 이걸로 내가 안주를 마련한다."

"술은 내가 사고?"

"에헤헤……."

"럼주는 싫다. 창이나 아락이 있으면 살 테니 미리 말해라."

"고맙다, 넌 아주 좋은 사나이다. 반갑다, 우리 악수하자."

새루와 악수를 했다. 문득 잠무에서 내게 스리나가르의 하우스 보트를 소개했던 녀석과의 악수가 떠올랐다.

오줌 누러 밖으로 나오니 달이 밝다. 무진 선생은 야영장 주변에 쌓은 돌담 위에 앉아 피리를 불고 있었다. 혼자 피리를 불고 있는 무진 선생에게 미안해서 술자리를 파했다. 마부들이 돌아가고 새루가 잠자리를 봐주어서 침낭 속으로 들어가자 새루도 곁에 누웠다. 그는 '쿠쿠리'라고 부르는 큼직한 칼을 보자기에 싸서 베개 밑에 넣었다.

"웬 칼이냐?"

"가끔씩 강도가 나타난다. 여차하면 격투를 벌여야 한다."

일행을 믿고 방심하던 나는 칼을 보고서야 긴장을 풀지 말자고 다짐했다

07

갈수록 산은 적막했다. 그림 속에 들어와 걷는 것
같았다. 누군가 밖에서 이 거대한 그림을 보고
있다면 그 속에서 걷는 사람은 마치 정지한
것처럼 느껴질 것이다. 가도 가도 좁혀지지 않는
저 큰 산과의 거리…….

황량한 고원의 여행자들

좁은 길 아래는 천 길 낭떠러지

8월 6일. 새벽에 목이 말라 깼다. 새루는 아침을 준비하고 무진 선생은 체조를 하고 있었다. 보통 체조와는 좀 다르다. 요가와 체조를 합한 것 같았다.

"체조입니까? 요가입니까?"

"그 중간입니다. 기본 원리는 근육과 힘줄, 관절을 각 부분별로 긴장시켰다 이완해주는 동작을 반복하는 겁니다."

"누구한테 배운 겁니까?"

"글쎄요. 처음에는 친구에게 배웠고, 나중에는 책을 보며 해봤고, 인도에 와서는 사두(힌두 수행자)들에게서 배웠습니다."

"와, 그럼 도사 아닙니까?"

"도사라니요? 도사는 도둑과 사기꾼을 합쳐서 부르는 말입니다."

무진 선생은 배의 근육을 여섯 부분으로 나누어 각 부분의 근육을 긴장시키고 이완시키는 단계의 동작을 설명해주었다.

"한번 따라 해보세요. 자, 이렇게 발을 편안하게 벌리고 상체를 약간 굽힌 후, 숨

천 년 순정의 땅, 히말라야를 걷다

을 들이마시며 복근의 왼쪽 맨 아래 근육에만 힘을 줍니다. 그리고 근육을 풀면서 숨을 내쉽니다."

"저는 그 부분에만 힘주는 게 안 됩니다."

"노력해보세요. 자꾸 하면 됩니다. 배의 근육 여섯 부분을 마음먹은 대로 움직여 줄 수 있습니다. 자, 보세요."

무진 선생이 배에 힘을 주자 배의 상·중·하·좌·우에서 근육이 차례대로 나왔다.

7시에 우리 팀이 제일 먼저 떠난다. 길은 개울을 거슬러 상류로 나 있었다. 길이 좋다. 호텔이 있고 호텔 앞에 지프가 있는 것으로 보아 여기까지는 자동차 도로가 있는 모양이다.

길은 협곡지대로 이어졌다. 동화책이나 꿈에서 본 저승 가는 길 같다. 꽂꽂이 때 쓰는 침봉처럼 뾰족뾰족한 산봉우리 사이, 위태로운 벼랑 앞을 타고 이어지는 길이다. 말 한 필이 간신히 지나갈 수 있을 정도로 좁은 길 아래는 천 길 낭떠러지다. 거기 차디찬 급류가 붉은 빛으로 소용돌이치고 있었다. 어떤 벼랑에서는 길이 바위틈으로 나 있어 머리를 숙여야 했다. 또 어떤 벼랑에서는 끊어진 길을 돌과 나무로 만든 다리로 이어놓았다. 그런 다리에 발을 디딜 때는 등골이 오싹해졌다. 도저히 길이 있을 것 같지 않은 벼랑 사이에 교묘하게 숨어 있는 길. 그런 길을 말이 지나간다는 것이 도저히 믿어지지 않았다.

벼랑길이 끝나자 하누빠타라는 마을이 나왔다. 칼산지옥 같은 산중의 절벽 가운데 제비집처럼 둥지를 틀고 있는 마을이다. 여기 가게가 있고, 양털로 실을 잣는 아낙네가 있으며, 밀밭이 있다. 먼 상류에 수로를 내서 눈 녹은 물을 끌어와 그것으로 밀밭에 물을 대는 것이다.

아주 작지만 향기롭고 어여쁜 꽃들이 핀 수로를 따라가다가 나무다리를 건너서

시실 라에는 세찬 바람이
불었다. 이 높은 언덕에 ,
야크 방목을 나온
아낙네들의 품에서는 옛날
할머니들 냄새가 난다.

텐트를 쳤다. 새루는 말들을 풀이 듬성듬성한 산 위로 몰아놓았다. 지난번 마카밸리
트레킹 때의 마부들은 풀과 곡식을 말 등에 싣고 다니며 먹였는데 새루는 말들을 그
냥 산으로 몰아서 스스로 풀을 뜯어 먹게 한다. 같은 말인데 왜 그렇게 다른지를 물
었더니 새루는 자랑스럽게 대답했다.

"그 말과는 종류가 다르다. 내 말들은 히마찰의 말이기 때문에 무척 강해. 낮에는
일을 하고 밤에는 저희끼리 높은 산에 올라가서 풀을 뜯어 먹고 내려온다."

"안 내려오면 어떻게 하니?"

천 년 순정의 땅, 히말라야를 걷다

말 한 필이 간신히 지나갈 수 있을
정도로 좁은 길 아래는
낭떠러지다. 거기 차디찬 급류가
붉은 빛으로 소용돌이친다.

"풀이 없어서 배가 덜 찼을 때는 종종 그러는 수가 있지. 그럴 땐 사람이 올라가서 몰고 내려와."

"말들은 잠을 안 자?"

"아니야. 당연히 잔다. 낮에 일하는 사이에 잠깐씩 선 채로 잔다."

새루네 히마찰 조랑말은 정말 자랑할 만했다.

새루를 마을에 보내 창을 사오게 하고 우리는 말 잔등에 덮었던 담요를 깔고 앉았다. 무진 선생은 궁상을 좀 떨어보겠노라고 하며 가부좌를 틀고 명상에 들어갔다.

제7장 황량한 고원의 여행자들

먼 산이 저녁 햇살에 황금색으로 빛나기 시작했다.

이스라엘 팀, 프랑스인 커플, 미국 여자와 프랑스 남자 커플 등이 캠프에 도착했다. 이스라엘 팀 다섯 명은 조랑말 세 마리, 프랑스인 커플과 미국 여자와 프랑스 남자 커플 등 네 명은 조랑말 두 마리를 같이 쓰고 있었다. 이들은 말 한 마리에 평균 100루피씩 지불하기로 했다고 한다.

그런데 두 사람이서 다섯 마리나 되는 말을 데리고 다니는 우리를 돈 많은 머저리로 생각하지나 않을지 모르겠다. 무진 선생은 작년에 말 한 마리에 1만 루피씩 두 마리를 사서 직접 끌고 다니다가 되팔기 위해 흥정하는 독일 사람들을 본 적이 있다고 했다. 서양인 중에는 이처럼 한 푼도 밑지지 않고 여행하는 사람이 많다고 한다.

저녁 식사 후 새루가 술통 가득 채워 온 창을 마셨다. 좀 오래되어서 시금털털했다.

"비타민 B가 함유되어 있답니다. 비타민 보충하실 겸 한 사발 하시죠."

무진 선생에게 권했다.

"혼자 마신다고 미안해하지 마세요. 저도 한국에 있을 때는 일 년 내내 하루도 안 빼먹고 술에 절어 산 적이 있습니다."

"왜요?"

"왜는 무슨…… 마시다 보니 그렇게 됩디다. 그런데 어느 날 아침에 들었던 술잔을 그냥 놨어요. 마시기 싫더군요. 그 뒤로 한 삼 년 동안 전혀 안 마셨습니다. 그냥 그렇게 되더라구요."

환상처럼 아름다운 노을 속으로 달이 지나간다. 반달이지만 보름달처럼 밝다. 인공위성으로 짐작되는 별이 별과 별 사이를 빠른 속도로 헤치며 나아가는 게 보인다. 별똥별이 떨어진다. 잠깐 사이에 두 번이나 떨어진다.

천 년 순정의 땅, 히말라야를 걷다

8월 7일. 동틀 무렵에 깼다. 몹시 추웠다. 새루가 밥을 앉혀놓고 다른 마부들과 함께 말을 찾으러 간 사이에 무진 선생은 체조를 하고 자리를 깔고 앉아서 명상에 잠겼다. 나는 너무 추워서 새루네 텐트에 들어가 차를 끓였다.

산에 올라갔던 새루가 혼자 내려왔다. 산에 풀이 없어서 말들이 어디론가 다른 곳을 찾아간 것 같다고 했다. 그 말을 듣고 보니 짐작되는 게 있었다. 잠결에 말들이 방울소리를 울리며 우리 텐트 옆을 지나 계곡 상류로 올라가는 소리를 들었던 것이다.

"밤에 말들이 개울 위로 가는 소리를 들었다."

"확실하냐?"

"확실하다!"

새루는 황급히 개울 위로 올라갔다. 한참 후에 새루는 말 다섯 마리를 끌고 왔다. 산으로 올라갔던 마부 초두도 말 네 마리를 몰고 내려왔다. 새루가 침을 뱉으며 말했다.

"큰일 날 뻔했다. 이놈들이 동네 풀밭에 들어가 있었다. 만일 들켰더라면 말 한 마리에 200루피씩 600루피나 되는 벌금을 물을 뻔했다."

새루에 의하면 마을 소유의 풀밭에 마부의 말이 들어가면 마을 사람들이 그 말을 붙들어놓고 벌금을 내야만 풀어준다는 것이다.

캠프에 해가 들자 금방 따스해졌다. 낮에도 잠시 그늘에 있으면 으스스 추위가 느껴졌다. 음지와 양지의 기온 차이가 그처럼 심했다. 어제 저녁에 먹다 남은 밥에 야채를 썰어 넣고 죽을 끓여 먹었다. 김밥 싸기 귀찮아서 짜파티를 구워 점심 준비를 하고 떠났다. 오늘도 우리가 맨 먼저 출발했다.

오른쪽 산봉우리에서 만년설 녹은 물이 흘러내려와 작은 개울을 이루고 있었다.

그런 개울이 끝없이 나타났다. 물은 맑은 편이다. 허벅지에 생기는 물집이 정수 약 때문인 것 같아 정수 약을 타지 않고 라임 오렌지 즙을 짜 넣어 마셨다. 라임 오렌지의 비타민 C는 살균 작용도 한다. 라임 오렌지를 100개쯤 사오기를 참 잘했다.

다시 걷는다. 흰 눈이 덮여 있는 산을 바라보며 걷는 즐거움도 크지만 물집 터진 자리의 쓰라림도 그에 못지않다. 물집은 허벅다리 바깥 쪽에 집중적으로 생겨서 걸을 때마다 바지에 쓸렸다. 물집이 터져 붉은 생살이 드러난 자리를 땀으로 축축해진 바지가 문지르니 얼마나 아프겠는가.

갈수록 산은 적막했다. 그림 속에 들어와 걷는 것 같았다. 누군가 밖에서 이 거대한 그림을 보고 있다면 그 속에서 걷는 사람은 마치 정지한 것처럼 느껴질 것이다. 가도 가도 좁혀지지 않는 저 큰 산과의 거리……. 걷다 보니 흰 능선 아래 검은 소가 움직이는 것이 보였다. 고산에 사는 소 야크거나 야크와 소의 교배종인 '조'가 시실 라(해발 고도 4,805미터)를 넘어가고 있는 것이다.

시실 라 위에는 세찬 바람이 불었다. 서낭당 뒤에서 바람을 피하고 있자니 햇살이 제법 따뜻하다. 작고 예쁜 꽃들이 이 추운 산꼭대기까지 피어 있었다.

내일 우리가 넘어야 할 싱게 라(해발 고도 5 ,060미터)가 아득하다. 싱게 라 안부 오른쪽에 벙어리 장갑 같은 암봉이 보였다. 싱게 라를 넘어야 본격적인 잔스카르 지역이다.

히말라야는 아직 보이지 않고, 시실 라에서 싱게 라 사이의 드넓은 분지만 한눈에 들어왔다. 하늘에는 조그만 구름이 떠 있지만 분지에는 넓은 구름 그림자가 천천히 흘러갔다.

야크 방목을 나온 아낙네들이 카메라를 들여다보고 싶어 했다. 목에다 걸어주고 실컷 보게 했다. 그녀들의 품에서 옛날 할머니들 냄새가 났다. 아궁이의 연기 냄새

천 년 순정의 땅, 히말라야를 걷다

시실 라에서 만난 라다키 여인.
여름철에만 이곳에 와서 야크를 방목한다.

부믹체 라 밑에 자리 잡은 마을로 가는 길은 푸른 보리밭 사이로 나 있다.

와 참기름 냄새 그리고 시큼한 땀 냄새가 뒤섞인 그리운 냄새…….

아주 어렸을 때 우리 집에서 부엌일을 하셨던 가평 할머니 냄새다. 가평 할머니는 옛날 이야기를 잘 해주셨다. 겨울밤 화롯불에 군밤을 구워주시며 호랑이와 곶감 이야기를 해주셨던 가평 할머니……

아낙네들에게 사탕을 주니까 어린애처럼 기뻐하며 야크를 따라 내려간다.

무진 선생은 안부에서 잠시 쉬다가 오른쪽 암봉을 향해 오르기 시작했다. 금방 돌아온다고 하기에 말리지 않았는데 30분이 지나고 한 시간이 지나도록 소식이 없었다. 망원경으로 그가 올라간 암봉을 관찰하니 무척 위험한 지형이다. 눈이 쌓여 있고 그 지대를 통과한 후에는 푸석푸석한 바위를 타고 올라야 봉우리 위에 설 수 있었다. 그런데 아무리 살펴도 무진 선생은 보이지 않았다.

얼마 후 봉우리 정상 부근에 독수리 한 마리가 날아올라서는 봉우리 주위를 맴돌고 있었다. 심상치 않다. 망원경을 계속 들여다보며 애를 태우고 있는데 렌즈 속에 무진 선생이 보였다. 무진 선생은 정상 쪽 암벽 바로 밑에서 나타나 설면에 발을 딛고 내려오고 있었다. 그러나 이내 다시 보이지 않았다. 불안하기 짝이 없다.

어제 무진 선생은 대학 산악부 출신이라고 했었다. 암벽 등반 연습을 위해 서울의 도봉산, 북한산, 인왕산, 남산까지 섭렵했다고 말했다. 그 정도면 무모한 등반은 하지 않을 거라고 스스로 위안해보지만 자꾸만 방정맞은 생각이 드는 건 어쩔 수 없었다.

이제 시실 라에는 나 혼자 남았다. 이미 다른 팀들은 푸툭설 쪽으로 하산했다. 찬바람만 윙윙 부는 곳에서 조마조마하게 무진 선생을 기다리고 있자니 더욱 불길한 생각만 자꾸 떠올랐다.

무진 선생은 안부를 떠난 지 두 시간 만에 돌아왔다. 몹시 지친 듯 맨땅에 누워 숨을 몰아쉬었다. 무진 선생은 눈 쌓인 암봉 정상까지 올라갔다 왔다고 한다. 다시는 혼자서 그런 모험을 하지 말라고 당부했다.

하산 길은 급경사였다. 야크들과 어여쁜 꽃들이 피어 있었다. 이윽고 탑이 나왔다. 마을 어귀라는 표시다. 표현하기 어려울 만큼 아름다운 황혼이 하얀 산 위에 펼쳐져 있었다. 그 황혼을 묘한 자세로 즐기는 사람들이 있었다. 미국 여자와 프랑스 남자가 탑 뒤에서 뭔가 열심히 하고 있는 게 눈에 띄었다. 엉덩이를 깐 미국 여자가 역시 엉덩이를 깐 프랑스 놈 허벅지에 앉아서 말 타기를 하고 있었다. 뜨거운 키스를 나누면서…….

우리가 나타나자 미국 여자는 말 타는 자세 그대로 입만 뗀 채 "헬로" 하고 웃었다. 헬로는 무슨 헬로? 오히려 우리가 얼굴이 빨개져서 황급히 지나쳤다. 내려오면서 생각하니 그 아름다운 황혼을 필름에 담는 걸 잊었다.

요가인지, 코브라 춤인지?

푸톡설 캠핑장에는 대규모의 트레킹 팀들이 진을 치고 있었다. 말들만 수십 마리다. 질서정연하게 쳐진 텐트들은 마치 기마부대의 야전 사령부를 방불케 했다. 우리도 한쪽 귀퉁이에 텐트를 치는데 좀 전에 말타기를 즐기던 커플이 천연덕스럽게 우리 바로 앞에 텐트를 쳤다. 기분이 괜히 싱숭생숭하다.

무진 선생과 내가 요가 체조를 끝내자 텐트 안에 엎드려 우리를 바라보고 있던 미국 여자가 비닐 깔개를 들고 나와 앉아서 요가를 시작했다. 요가라기보다 요염을 떠는 것 같아 민망하기 그지없다. 무진 선생이 속삭이듯이 말했다.

"어디서 좀 배우긴 배웠는데 잘못 배웠어요."

"코브라 춤 같아요. 피리를 불어주면 썩 어울리겠습니다."

천 년 순정의 땅, 히말라야를 걷다

"그거 말 되네!"

무진 선생이 피리를 꺼내 불기 시작했다. 하지만 코브라 춤에 어울리는 곡조는 아니다. 나는 어제 먹다 남은 창을 마시며 새루를 불렀다.

"새루, 이 강에 물고기가 있냐?"

"있다. 아주 많다!"

"그럼 네 낚시로 좀 잡아 와라. 요리는 내가 하겠다."

"안 된다. 보는 사람이 너무 많다. 여긴 마을 사람도 많은 곳이다. 들키면 몰매를 맞는다. 다음부터는 얼씬도 못하게 된다. 그럼 난 망하는 거다."

"왜 몰매를 맞냐?"

"여긴 불교도 마을이다. 새나 물고기를 먹는 건 큰 죄다."

"너도 불교도라더니?"

"물론 나도 불교도다. 하지만 좀 현실적인 불교도다."

"예끼 이놈!"

8월 8일. 몹시 흐리고 추운 아침이다. 새루가 강 건너에서 말을 몰아오는 것을 보고 우리 둘이 먼저 출발했다. 싱게 라는 검은 구름에 싸여 있었다. 비 맞을까 봐 걱정이 되었다. 부지런한 양치기들은 벌써 양을 산으로 몰아가고 있었다.

부믹체 라(해발 고도 4,200미터)라는 조그만 고개 위에 역시 초텐이 있었다. 마을 경계 표시다. 앳된 아낙이 양을 몰아가고 있다. 볼펜을 달라고 손을 내밀기에 하나 주면서 얼핏 보니 얼굴과는 달리 손이 꼭 부삽같다. 팔목에는 팔찌를 했다. 머리에 꽃 장식을 달고 가슴에는 달라이 라마의 초상이 새겨진 배지를 달았다.

점점 숨이 가빠왔다. 최대한 천천히 걸어서 몸이 필요로 하는 산소량을 줄였다. 그래도 숨이 가쁘고 다리에서 힘이 달아났다. 땀이 흐르고 괴질이 생겨 물집이 터진

부믹체 라에서 만난 앳된 아낙네. 머리에 꽃 장식을 달고 가슴에는 달라이 라마의 초상이 새겨진 배지를 달았다.

자리가 바지에 쓸려 몹시 아팠다.

다리가 없는 개울에서 나는 무진 선생 등에 업혀서 건넜다. 싫대도 한사코 업히라는 바람에 염치 불구하고 업혔다. 제각기 개울을 건너간 이스라엘 팀이 그런 우리의 모습을 몹시 신기하다는 듯이 바라보았다.

짜파티로 점심을 먹고 싱게 라를 향해 오르기 시작했다. 우리보다 한참 늦게 출발한 마부들이 어느새 고개 마루턱을 넘어서고 있었다. 무진 선생이 그 뒤를 바싹 쫓아갔다. 마부들 걸음 못지않다. 나는 숨을 몰아쉬느라고 한참씩 쉬면서, 때로는 뒷걸음으로 걸어보기도 하면서 간신히 눈 쌓인 고개 위에 올랐다.

이가 딱딱 부딪치도록 추웠다. 바람이 세차게 불어서 고갯마루에 쌓인 흰 눈이 떡가루처럼 펄펄 날렸다.

마부들은 벌써 다 내려갔다. 무진 선생도 먼저 내려갔나보다. 잠시 쉬다가 거의 달리다시피 뛰어 내려갔다. 평평한 길이 나오는 데부터는 천천히 걸었다.

길가에 꽃들이 아름답게 피어 있었다. 한 시간 이상 걸어서 다른 팀들이 텐트를 친 곳에 도착했다. 그런데 우리 텐트는 없었다. 이스라엘 팀의 마부 구두에게 물어보니 손가락을 머리 뒤로 가리켰다. 좀더 가라는 뜻인 것 같다.

일행을 찾아 헤매다

조금 더 가보았지만 텐트는 보이지 않았다. 조금 더 가봐도 역시 없었다. 30분쯤 걸었는데도 텐트를 찾을 수 없었다. 그리고 다시 고개가 나왔다. 그 고개 너머에 있겠다 싶어 마루턱에 올라서 바라보니 어둑한 고개 밑에 마을이 있고 마을 변두리에 텐트가 있었다. 우리 것 같기도 하고 아닌 것 같기도 했다.

천 년 순정의 땅, 히말라야를 걷다

중간쯤 내려가다가 무진 선생과 새루를 불러보았으나 아무도 대답하지 않았다. 이상한 생각이 들어서 길에 떨어진 말똥을 살펴보니 바싹 말라 있는 게 방금 지나간 말똥이 아니다. 지나쳐 온 게 분명했다.

고개를 다시 기어오르자니 밑이 빠질 지경이다. 그냥 마을로 내려가 아무 집에서나 쉬고 싶은 마음이 굴뚝같았지만 나를 찾아 헤맬 새루나 무진 선생이 생각나 부지런히 걸었다. 시간을 따져 보니 10시간 이상 걸은 셈이다.

날은 이미 어두워져서 추위가 몰려왔다. 게다가 허기지고 지쳐서 간신히 걷고 있는데 이슬비까지 내렸다. 올 때는 못 본 페들이 길가 저쪽에서 굴속을 들락거리며 소리 지르고 법석을 떤다.

젠장, 쓰펄…… 생각나는 대로 욕설을 중얼거리며 이스라엘 팀이 텐트 친 곳으로 가보니 바로 위 바위 사이에 우리 텐트가 있지 뭔가. 구두가 자기 머리 뒤로 한 손가락질은 '내 머리 위' 라는 뜻이었다.

고소에서는 판단력이 희미해진다. 두뇌가 제 구실을 못하는 것이다. 8,000미터가 넘는 고산 등반가 중 어떤 사람은 정상에 오른 뒤 사진을 찍느라고 벗어둔 장갑이 거센 바람에 날아간 탓에 맨손으로 하산하다 동상에 걸려 손가락을 여럿 잘랐다.

그런데 그의 배낭에는 그런 경우에 대비해 준비한 여분의 장갑이 있었다. 양말도 있었다. 장갑이 없어도 양말을 손에 끼고 하산했으면 손가락을 자르는 일은 없었을 것이다. 그런데 미처 그걸 생각하지 못했다.

내 경우도 비슷했다. 어째서 난 우리만 따로 먼 데다 텐트를 쳤으리라고 생각하고 계속 걸었던 것일까? 이유는 명백하다. 고소에 올라온 탓에 판단력이 희미해진 것이다.

텐트에 도착하자 무진 선생 혼자 밥을 해놓고 기다리고 있었다. 새루는 나를 찾으러 두 시간 전에 싱게라로 갔는데 두 사람 모두 안 와서 조마조마한 마음으로 기다리는 중이었다. 바보 같은 새루. 구두에게 가서 나를 못 보았느냐고 물어보지도 않고 그냥 싱게 라 쪽으로 갔을까.

뜨거운 차를 한 잔 마시고, 밥을 먹고 텐트에 드러누워 쉬고 있자니 새루가 돌아오는 소리가 들렸다. 새루는 싱게 라 꼭대기까지 가서 나를 찾다가 날이 어두워져서 할 수 없이 그냥 돌아오는 길이라며, 별의별 생각을 다 했다고 한다.

몇 해 전 그는 싱게 라에서 고산병으로 낙오해 혼자 웅크리고 있는 독일인을 찾아 데리고 왔는데 이튿날 줄다리를 건너다가 실족해서 죽었다고 한다. 그래서 경찰에 불려 다니는 등 아주 곤욕을 치렀다고 했다.

밤에 무진 선생은 텐트 밖에서 오랜 시간 동안 염불을 외었다. 금강경인 것 같았다. 염불 소리를 듣다가 잠들었다.

만사가 귀찮은 하루

8월 9일. 고통스럽게 하루가 시작되었다. 항문이 몹시 아팠다. 어제 밑이 빠지도록 걸었더니 정말 밑이 빠진 것이다. 엄지손가락 첫 마디만큼 빠졌다. 난생 처음 겪는 탈장이다. 게다가 허벅다리 바깥 쪽 피부에 생기는 물집 터진 자리는 이제 수십 개나 되었다. 상처의 딱지 밑에는 노란 고름이 잡혀 있었고, 걸을 때마다 바지에 스쳐 딱지가 떨어져 나가 다시 곪았다. 그래도 걸을 수밖에 없었다.

어제 저녁에 혼자 넘었던 고개는 지도에 키우파 라라고 표기되어 있었다. 키우파 라를 넘어 절벽 아래 제비집처럼 둥지를 틀고 있는 시키움파타 마을을 지났다. 다시 무르감 라(해발 고도 4,100미터)를 넘으니 링세트 곰파 마을이 나타났는데 큰 부락이었다. 이곳의 해발 고도는 3,700미터. 내일 우리가 넘어야 할 하누마 라는 4,710미

천 년 순정의 땅, 히말라야를 걷다

키우 파 라에서 본
시키움파타 마을의
보리밭. 룽따(깃발)가
펄럭이고 있다.

터. 1,000미터를 더 오를 생각을 하니 벌써부터 눈앞이 깜깜하다.

비가 내리기 시작했다. 가게 겸 식당에 들어가 차를 마시고 담배도 샀다. 가게 주인은 덩치가 큰 라마승들이다. 승려라기보다 탐욕스러운 장사치로 보였다. 비만 안 오면 조금도 머물고 싶지 않은 곳이었다.

링세트 곰파의 가게에는 여러 가지 물건들이 있었다. 마을 사람들이 가져온 보석과 장신구와 나무를 깎아서 만든 안장 등도 있다. 서양 사람들이 팔고 간 옷가지도 보였다. 새루는 이 가게에서 내게 300루피를 가불했다. 고향의 아내에게 줄 '유'라는 녹색 보석을 사겠다는 것이다.

비가 그쳤다. 가게를 나와 곰파에 가보았다. 1,500년 전에 지은 절인데 800년 전

링세트 마을의 민가에서 만난 가족.

에 보수했다고 한다. 일흔 명의 라마승들이 상주하는데 최근에 있었던 헤미스 곰파 축제 때문에 대부분 그 절에 가 있고 오늘은 몇 명 안 남아 있다고 했다.

술 생각이 나서 민가에 들러 창 몇 사발을 마시고 텐트로 오니 새루가 비둘기 덫을 놓고 왔다고 속삭였다. 내일 하누마 라 넘어 징첸에서 비둘기 고기를 구워주겠다는 거였다. 그런데 징첸에서는 술을 구할 수가 없다며 빈 술통을 들어 보였다.

"알았어, 임마. 될 수 있으면 아락을 구해 와. 창은 금방 쉬니까."

"물론이지. 헤헤헤……."

새루에게 50루피를 줘서 마을로 보냈다. 비는 그쳤지만 바람이 몹시 불었다. 밤이 되자 달빛이 좋았지만 너무 추운 게 탈이다. 탈장과 물집을 치료하고서 일찌감치 누

천 년 순정의 땅, 히말라야를 걷다

링세트 마을의 노파가 간단한 도구를 사용하여 양털로 실을 잣고 있다.

웠다. 오늘 처음으로 만사가 귀찮게 여겨졌다.

그러나 무진 선생은 오늘도 일과를 어기지 않았다. 어디가 되었든지 텐트를 친 후에는 구둣솔과 구두약으로 구두를 정성껏 닦아놓고는 소금으로 이를 닦는다. 그 다음에는 얼음물에 들어가 몸이 새빨개지도록 목욕을 하고 요가 체조를 한 후 오랫동안 가부좌를 틀고 앉아서 명상을 한다.

명상이 끝나면 피리를 불고, 피리가 끝나면 꼭 염불을 하고서야 잠자리에 든다. 새벽에 보면 어느새 가부좌를 틀고 앉아 명상을 하고 있다. 아침 먹기 전에 또 요가 체조를 한다. 단 하루도 어기는 일이 없었다.

오늘 이 추운 밤에도 무진 선생은 달빛 속에서 피리를 불었다. 옷도 그냥 잠옷 같은 인도 전통 의상 한 벌에 J씨가 주고 간 스펀지 조끼를 걸쳤을 뿐인데 춥지도 않은가 보았다.

미국 여자가 무진 선생에게 말을 건네는 소리가 들렸다. 본의 아니게 그들의 대화를 듣게 되었다.

"피리 소리가 듣기 좋다. 그거 아리랑이지?"

"어떻게 아느냐?"

"아버지가 한국인이다."

내 짐작이 맞았다. 이 여자는 미국인과 한국인 혼혈이었다.

"내 아버지는 영어를 잘 하지만 할머니는 전혀 못한다. 내가 한국말을 전혀 못하듯이."

"그럼 너는 할머니와 전혀 대화가 안 되겠구나."

"그렇다. 가끔 아버지가 통역해주신다."

"너의 어머니와 할머니도 대화가 안 되겠구나."

천 년 순정의 땅, 히말라야를 걷다

"물론이다. 할머니는 병원에 있다. 어머니는 병원에 가기를 싫어한다. 나와 아버지만 가끔 간다."

"할머니는 한국으로 돌아가고 싶어 하실 것 같다."

"그렇다. 그러나 할머니의 자식은 우리 아버지 한 명뿐이다."

"잘 자라. 오늘은 할머니들을 위해 피리를 불고 염불을 하겠다."

여자가 돌아간 뒤 무진 선생은 다시 피리를 불었다. 무슨 곡인지 그냥 서글펐다. 피리 소리가 그치고 염불 소리가 들렸다. 반야심경이다.

무진 선생은 전라북도 장수가 고향이다. 그는 대학에 잠시 다니다가 지리산에 입산하여 명상과 요가를 하며 10여 년을 보냈다는 얘기를 어제서야 들려주었다. 그 후 잠시 전주에서 요가 도장을 열고 있다가 가족을 따라 미국에 가 3년 동안 슈퍼마켓의 매니저 생활을 했다고 한다. 인도에 와서는 여러 아쉬람(힌두 사원)을 찾아다니며 방랑하는 수행자 생활을 한 지는 3년이라고 했던가. 그렇다면 고향을 떠난 지 6년이 되어 가는 셈이다.

하누마 라의 말 방귀 소리

8월 10일. 아침에 무진 선생을 따라 요가 체조를 했다. 그 덕분인지 하누마 라(해발고도 4,710미터)를 오르기가 한결 수월했다. 하누마 라에 올라 쉬고 있자니 말들이 뒤따라 올라왔다. 제일 먼저 올라온 말이 고개 위에 오르자 요란하게 방귀를 뀌어댔다. 그 다음 올라온 놈도, 또 그 다음 올라온 놈도 방귀를 뀐다. 미국 여자가 재미있다는 듯이 웃었다. 여자의 이름을 물어보았다. 여자는 손가락으로 땅바닥에 한문 한 글자를 썼다. 그리고 그 옆에 한글도 한 글자를 쓴다. 그러고는 영어로 말했다.

"이것 말고는 쓸 줄 아는 게 없다."

"미국 이름은 뭐냐?"

"메기."

그때 메기의 짝 프랑스인 대머리가 자리를 털고 일어섰다. 어서 가자는 뜻이다. 그놈 참 되게 얄밉게 군다. 엉덩이를 차버리려다가 참았다.

하누마 라를 넘어서 계곡으로 내려서니 눈이 쌓여 있었다. 어떤 곳에는 녹다 만 눈이 다리를 이루고 있는데 그런 다리를 건널 때는 마음 한구석이 조마조마했다. 두 시간 이상 걸어서 추운 골짜기를 빠져 나왔다. 계곡 주변에 제법 잡목이 우거져 있는 나애째라는 곳에 캠프가 있었다.

서양 여자들이 훌떡 벗고 목욕하는 계곡을 어슬렁어슬렁 걷다가 다시 고개를 올랐다. 길이 무시무시한 벼랑 옆으로 나 있고 다시 내리막이다. 강 건너에 텐트들이 있다. 거기가 징첸이다. 앞서간 새루가 친 우리 텐트도 보였다.

한 서양 남자가 엄청나게 큰 배낭을 지고 한발 한발 혼자 올라오고 있었다. 어디에서부터 어떤 일정으로 어디까지 가는지는 모르지만, 그저 존경스러웠다. 나는 카메라 가방 하나만 메고 걷는데도 밑이 빠지는 등 고생이 말이 아니라고 투덜대는 판인데 그 큰 배낭을 메고 고개를 오르다니…….

캠프는 내일 우리가 넘어야 하는 파피 라(해발 고도 3,900미터) 바로 밑이다. 독일 사람들이 단체로 와 있었다.

나는 해지기 전에 목욕부터 하려고 깡통을 들고 강으로 내려갔다. 물이 제법 차고 급류라서 물 가장자리에서 몸에 물을 끼얹고 있는데 독일 팀의 한 중년 여자가 바가지를 들고 강으로 내려왔다.

그녀는 내가 있는 걸 알고도 빤히 바라보이는 10미터 밖에서 옷을 벗었다. 아슬아

천 년 순정의 땅, 히말라야를 걷다

하누마 라로 오르는 길. 실낱같이 가느다란 길이 구불구불 끝없이 이어진다.

하누마 라. 말들도 힘들어서 요란스럽게 방귀를 뀌어댔다.

슬한 삼각 팬티만 입고 몸에 물을 끼얹느라 커다란 젖이 묵직하게 출렁거렸다. 나와 눈이 마주치자 그녀는 윙크를 보냈다. 가슴이 뜨끔해진 나는 헛기침을 하며 파피 라 쪽으로 고개를 돌렸다.

이스라엘 팀은 완전히 지쳐서 제일 늦게 도착했다. 두 명은 남녀 학생이고 세 명 은 사회인이다. 서로 다른 팀인데 하나로 합쳤다고 한다.

큰 나무토막이 보여서 돌로 빠개어 모닥불을 피웠다. 바싹 마른 향나무라서 향이 좋고 잘 탔다. 지금은 풀 한 포기 보기 어려운 산중 사막이 되었지만 옛날에는 이 지 역에도 향나무를 비롯한 큰 나무들이 제법 많았나보다.

이스라엘 사람들도 나무토막을 주워 와 모닥불을 피웠다. 거기서 그들과 뭔가 의

천 년 순정의 땅, 히말라야를 걷다

논하던 마부 새루와 구두가 화가 난 얼굴로 돌아왔다.

"빌어먹을 유대 놈들, 과연 더럽고 치사하군!"

"왜 그래, 새루?"

"이스라엘 놈들이 이곳에서 하루 더 묵어가겠대. 여긴 말들이 먹을 풀도 없는데 무조건 안 간대."

새루와 구두는 이스라엘 팀에게 쌍욕을 마구 퍼붓는다.

"전에도 한 번 이스라엘 놈들의 짐을 실었는데 재수 없게 석유통 마개가 빠지는 바람에 석유가 다 샜어. 어찌나 악착같이 따지는지 시세보다 훨씬 비싸게 변상해줬어. 그때부터 이스라엘 놈들 짐은 안 싣기로 결심했는데 사정 봐주느라고 실어줬더니 결국 이 꼴이야, 퉤!"

"새루, 그만하고 술이나 마시자. 술통을 가져와. 참, 비둘기는 어떻게 됐어. 여기 모닥불에 굽자."

"비둘기? 아차, 아침에 바빠서 깜박 잊었네. 두고 왔어. 미안해."

새루가 뒤통수를 긁으며 술통을 들고 온다. 어느새 나는 술타령 패거리의 두목이 되어 가고 있었다. 하지만 말 잔등에 매단 술통에서 술이 출렁이는 소리가 들려야 발걸음이 가볍다. 말 잔등에 술통을 싣고 능선을 걸으며 낮달이 뜬 새파란 하늘을 바라보노라면 저절로 신선이 된 기분이니 어쩌겠는가.

세차게 강물이 흐르는 소리 속에는 온갖 소리가 다
들어 있다. 웃음소리, 아우성 소리, 교성, 고함…….
나는 그 소리를 거슬러 오르며 무섭도록 고요한 대낮에
전율한다. 하지만 가끔씩 새 우는 소리가 들려올 때마다
이곳이 저승이 아님을 새삼스레 깨닫는다.

08

이승과 저승 사이

다람살라에서 온 링포체

8월 11일(7일째). 흐리고 바람이 불었다. 새루의 친구 구두는 이스라엘 팀과 남고 초두와 새루는 먹을 것을 구두에게 남겨준 후 말 등에 짐을 실었다.

오늘은 출발부터 고개를 올랐다. 강 건너에서 온 링포체 일행이 선두다. 링포체의 행렬을 알리는 커다란 깃발을 든 사내가 앞장서고 오토바이 헬멧에 가죽 장화, 장갑까지 긴 링포체가 말에 탔다. 견마 잡아주는 사람도 있다. 그 뒤를 수하들이 천천히 걸어 따라갔다.

무진 선생에 의하면 다름살라에는 많은 링포체들이 산다고 한다. 링포체란 환생한 스님을 말한다. 티베트 불교에서는 이 환생한 스님을 살아 있는 부처님으로 떠받든다. 달라이 라마도 링포체 가운데 한 사람이다.

대규모의 트레킹 그룹이 8개 팀이나 뒤섞이는 바람에 파피 라는 온통 장바닥 같았다. 네팔에서 온 소년 짐꾼들을 고용한 팀들도 있어서 더욱 시끌벅적했다.

파피 라에서 내려서자 잔스카르 강이 보였다. 잔스카르 강은 우리나라 한탄강처럼 협곡을 끼고 흘렀다. 강을 계속 거슬러 올라 중간에 맑은 물이 합쳐지는 지점에

천 년 순정의 땅, 히말라야를 걷다

이르러 간식을 먹고 목욕을 했다.

어제 그 독일 여자가 또 우리 근처에 와서 목욕을 했다. 참 이상한 여자다. 여자는 목욕을 한 후에 무진 선생에게 다가 오더니 "어젯밤 피리 소리가 참 듣기 좋았다"고 말하며 싱긋 웃었다. 여자 얼굴을 자세히 들여다 보니 '훼이 더너웨이'라는 여배우와 비슷하다. 훼이 더너웨이는 영화 '작은 거인'에서 목사의 음탕한 마누라 역을 아주 그럴듯하게 연기했다.

약 한 시간 후에 강이 크게 한 번 굽이치는 곳에 이르러 텐트를 쳤다. 여기가 하누밀이다. 우리는 이제 완전히 잔스카르 지역에 들어온 것이다. 라면을 먹고 또 목욕을 했다.

새루에게 낚시를 빌려 물고기를 잡아보려고 했으나 바늘만 잃어버렸다. 잔스카르는 우리에게 사냥과 낚시를 허용하지 않으려나 보다.

인도 군용 낙하산으로 만든 매점 안에 들어가 술을 찾으니 다 팔고 없단다. 어제 대규모 팀들이 지나가면서 동낸 것이다. 매점에서는 무려 마흔 병의 아락을 팔았는데 대부분은 네팔 포터들이 마셨다고 했다.

새루는 마을에 가면 구할 수 있다고 장담한다. 내가 가서 구해 오겠다고 하자 때가 좋지 않다며 말렸다. 지금은 링포체 일행이 그 마을의 민가에 있기 때문에 좀 기다렸다가 가야 한다는 것이다.

11년째 트레킹 가이드로 일한다는 캐시미르 출신의 안내인 디빡도 수하를 이끌고 술을 사러 왔다가 그냥 돌아갔다. 디빡이 이끄는 독일 팀은 잔스카르 피크(해발 고도 6,400미터)를 등정할 계획도 가지고 있었다. 그래서 산소를 비롯한 고산 등반 장비 및 의료 장비도 가져왔다.

텐트 지붕에 비 듣는 소리를 듣고 있자니 술 생각이 점점 간절해졌다. 마을에 있다는 링포체 일행이 무엇을 하고 있는지 궁금해서 어슬렁어슬렁 마실을 나가보았다.

보리밭과 돌담이 있으며 집은 두 채뿐인 아주 작은 마을이다. 마을 사람들이 마침 링포체를 전송하고 있었다. 가죽 장화를 신고, 오토바이 헬멧을 쓴 링포체는 말 위에 앉아 있고 집주인 여자는 향을 피워 들고 앞장섰다. 또 다른 여자는 컵에 커드를 따라 링포체에게 바쳤다. 링포체는 가죽 장갑을 낀 손으로 그것을 받아먹는 시늉만 하고 돌려주었다.

오늘은 다음 마을에 가서 잔다는 링포체 일행은 길 양쪽 가장자리에 흰 흙을 뿌린

다람살라에서 왔다는 링포체 일행이 하누밀을 향해 이동하고 있다.

길을 통해 개울 건너 언덕 위로 사라졌다. 마을 사람들은 방금 링포체가 맛보고 난 커드를 조금씩 손바닥에 나누어 먹는다. 나에게도 좀 나누어주기에 먹어보았다. 아기가 젖 토한 것처럼 맛이 시큼했다.

사람들을 따라 두 집 가운데 한 집에 들어가본다. 2층의 제일 깊숙한 곳에 불단을 모신 기도실이 있었다. 기도실은 약간 어둡고 조용했으며 살구 씨 냄새가 배어 있다. 탱화가 걸려 있고 커다란 북도 있다. 제단에는 여러 개의 등잔불이 조용히 타올랐다. 그 앞에서 이 집 친척들로 보이는 여승들이 소리 내서 경전을 읽고 있었다. 그 가

구름 그림자가 하누밀 마을을 고요히 스쳐 지나가고 있다.

운데 방금 링포체에게 축복을 받았을 어린아이가 불알을 내놓고 누워 있고, 지붕의
채광창으로 들어온 햇빛이 그 아이의 아랫도리를 비추고 있었다.

여기는 어디나 다 샹그리 라

8월 12일. 날이 맑게 개었다. '키칠리'라는 일종의 돌솥밥을 지어서 아침을 달게 먹
고 그것으로 주먹밥을 만들어 간식을 하기로 했다.

어제처럼 강을 거슬러 오른다. 불현듯 어린 시절의 어느 해 여름이 생각난다. 길
섶에 핀 나팔꽃이 생각난다. 패랭이꽃도 생각난다. 전쟁 직후 휴전선 부근 야산의
포탄 구덩이 속에 핀 그 꽃들은 얼마나 어여뻐 보였던가.

여기엔 전쟁이 없었지만 전장보다 더욱 황량한 습곡지대다. 강물이 하도 세차게
흘러서 제트기 날아가는 소리처럼 들렸다. 강기슭에서는 달그락달그락 자갈이 부딪
치는 소리가 났다. 귀 기울이면 그 속으로 한없이 빠져들었다.

세차게 강물이 흐르는 소리 속에는 온갖 소리가 다 들어 있다. 웃음소리, 아우성
소리, 교성, 고함……. 나는 그 소리를 거슬러 오르며 무섭도록 고요한 대낮에 전율
한다. 하지만 가끔씩 새 우는 소리가 들려올 때마다 이곳이 저승이 아님을 새삼스레
깨닫는다.

독일 팀 안내원 디빡이 이끄는 대규모 트레킹 여행단과 앞서거니 뒤서거니 걸었
다. 그는 다음 캠프 예정지인 피슈에서 한잔 할 꿈을 꾸면서 걷는다고 내게 말했다.

"디빡, 너는 이 지역에 처음 온 게 언제냐?"

"십 년 조금 넘었다."

"그때와 지금은 어떻게 다르냐?"

"돈이다. 그때 이곳 사람들은 돈을 몰랐다. 돈을 주면 부적인 줄 알고 벽에다 붙여놓거나 가지고 놀다 버리기도 했다."

"디빡, 너는 '샹그리 라'라는 말을 들어본 적이 있나?"

"오, 샹그리 라. 행복의 고개를 말하는 거지? 안다. 우리가 넘는 고개가 모두 샹그리 라다. 동네 사람들에게 물어봐라. 어디나 다 샹그리 라다. 싱게 라, 싱고 라, 시실 라……. 이 근처 고개 이름들이 모두 샹그리 라와 같은 뜻이다."

"너 많이 아는구나. 좀더 이야기해 다오."

"내가 뭘 알겠냐. 다 주워들은 이야기지……. 네가 낙원을 찾아서 저 고개를 넘어왔듯이 이곳 사람들도 낙원을 찾아서 저 고개를 넘어간다. 하지만 너보다는 이곳 사람들이 훨씬 현명하다. 너는 돈을 쓰러 왔지만 그들은 돈을 벌러 간다. 십 년 전만 해도 이곳에는 청년들이 아주 많았다. 그러나 지금은 그 청년들이 모두 돈 벌러 떠나고 없다. 저 샹그리 라를 넘어서……."

디빡…… 이름은 빡빡한데 말은 청산유수다. 우리는 피슈에 가서 한잔 하기로 했다.

달밤에 염소의 목을 자르다

11시 넘어서 피두무 마을에 도착하자 흙으로 지은 호텔이 보였다. 이 동네에서 호텔이란 숙소를 뜻하는 것이 아니라 술이나 과자, 음식 등을 파는 곳이다. 여기에서 아락 두 병을 사서 마셨다. 새루, 초두 외에 프랑스인 커플이 함께 했다.

피두무는 큰 마을이다. 한겨울에 이런 마을에 들어와 동네 사람들과 사귀며 한 철 나면 좋을 것 같다. 겨울에는 잔스카르 강이 꽁꽁 얼어붙는다고 했다. 그래서 파담에서 레까지 잔스카르 강 위로 걷는 데 닷새밖에 안 걸리고 스키를 타면 더 빨리 갈

천 년 순정의 땅, 히말라야를 걷다

마부 새루와 그의
친구들이 피슈 강변에서
양을 잡아 토막내고 있다.

수 있다. 겨울에는 야크가 한 마리에 6,000루피 정도 한단다. 이걸 식량으로 삼아 잔스카르 강 위로 걷는 겨울 트레킹을 궁리해보았다.

레까지 비행기로 간 후 거기서부터 언 강을 걸어서 이 마을에 들어와 한동안 쉬다가 나가는 트레킹이 되는 것이다. 호텔 주인은 실제로 그런 트레킹을 하는 사람들이 더러 있다고 말했다.

겨울에는 말을 끌고 다닐 수 없다. 말 먹일 풀이 없기 때문에 사람을 고용해야 했다. 포터의 하루 일당은 100루피에서 150루피. 식량도 대주어야 하는데 겨울에는 레에서 식량을 구하기가 어렵다. 레에서는 특히 야채 종류를 구하기가 아주 힘들다. 델리에서 모두 구해 가지고 비행기를 타야 한다.

오후에 피슈 강변에 도착, 텐트를 쳤다. 새루는 내일 하루를 이곳에서 쉬어 가겠다고 해서 그러기로 했다. 마을은 1킬로미터 밖에 있다. 돈을 모아서 염소를 한 마리 잡기로 했다. 새루와 구두가 염소를 사러 마을로 갔다.

227

인더스 강변에 자리 잡은 과두무 마을 전경이 평화롭게 느껴진다.

카르샤 곰파. 옛 파담 왕국의 중심 사원이었다. 요즘은 달라이 라마의 동생이 자주 와서 묵는다.

달밤에 텐트 앞에서 염소를 잡느라 새루가 칼을 들었다. 구두는 염소의 앞발을 잡고 나는 뒷발을 잡았다. 염소의 발목은 가늘었지만 무척 따뜻했다. 그 가느다란 발목으로 온종일 사막과 다름없는 이 산속을 누비고 다녔을 염소……. '매에에에에' 하는 울음을 마지막으로 염소는 이승과 멀어졌다. 그제야 나는 괜한 짓을 했다는 생각이 들었다.

동산에 태양이요, 서산에 만월이라

8월 13일(9일째). 늦잠을 잤다. 텐트 밖으로 나와 보니 어느새 해가 중천에 걸렸다. 눅눅해진 침낭을 강변 자갈밭에 펼쳐놓고 묵은 빨래를 했다.

점심 먹고 빨래를 걷어 가지고 오는데 갑자기 돌풍이 불었다. 침낭이 그 돌풍에 휩쓸려 하늘로 날아올랐다가 강물에 떨어졌다. 침낭은 마치 무슨 미라인 양 남실남실 강물을 따라 흘러간다.

물에 뛰어들면 1분 이내로 사지가 마비된다는 차가운 강. 제트기 소리를 낼 만큼 세찬 급류에 실려 떠내려가는 침낭을 속수무책으로 바라보았다. 익사체가 떠내려가는 것 같다. 나는 내 육신이 그렇게 떠내려간다고 생각했다. 잘 가라, 김홍성. '김홍성金泓星'이라고 내 이름 석 자를 매직펜으로 큼직하게 써두었던 침낭아, 이왕이면 아주 멀리멀리 흘러가라. 인더스 강 하구까지 흘러가거라. 그러나 당장 오늘 밤부터 오들오들 떨면서 잘 생각을 하니 한숨이 나왔다.

무진 선생은 강 건너 쟝글라 곰파에 가고, 초두와 이스라엘 팀이 도착했다. 나는 새루, 구두, 초두 등과 함께 염소 고기를 안주로 아락을 마셨다. 녀석들이 모두 곯아떨어진 후 무료하게 무진 선생을 기다렸다.

8월 14일. 연 이틀 과음한 마부들은 피곤한 기색이 역력하다. 구두라는 놈은 말 꼬리를 감아쥐고 간신히 매달려 걸어간다. 새루는 아예 말 잔등에 올라앉았다. 무진

천 년 순정의 땅, 히말라야를 걷다

파담의 공터에서 인도 독립 기념일 행사의 하나로 전통 무용을 공연하고 있다.

선생이 넌지시 말했다.

"이놈들에게 술 먹이지 마세요. 이놈들이 이젠 우리를 아예 술친구로 대하고 있습니다."

맞는 말이다. 어제 저녁 무진 선생이 쟝글라 곰파에 다녀와 밥을 찾으니까 술에 취해서 자다가 깬 새루가 먹다 남은 밥그릇을 툭 던지고는 다시 쓰러졌다.

그러느라고 말도 제대로 돌보지 않았다. 말 세 마리가 마을 풀밭에 들어가 분탕질을 쳐서 마을 사람들이 그 말들을 체포해 가두어놓았다. 마부들은 약 700루피 정도를 벌금으로 내고서야 말들을 찾아왔다. 자연히 출발이 많이 지연되었다.

"저도 오늘부터 당분간 술 안 마시겠습니다."

"물집 생기는 거하고 밑 빠지는 게 술 때문인지도 모릅니다."

"예, 신경 쓰시게 해서 죄송합니다."

무진 선생은 어제 혼자 다녀온 쟝글라 곰파에 대해서 이야기해주었다. 쟝글라 곰파에는 파담 왕국의 왕이 살던 왕궁이 있는데 규모만 좀 클 뿐 일반 서민의 것과 같단다. 그리고 파담에서 온 트럭을 보았다고 했다.

천 년 순정의 땅, 히말라야를 걷다

점심 조금 지나서 캬르샤 곰파에 도착했다. 달라이 라마의 동생이 자주 와서 묵는다
는 곰파였다. 강 건너에 형성된 넓은 분지에 파담 왕국이 보였다. 앞서간 새루가 텐트
를 어디에 쳤는지 몰라서 한동안 헤맸다.

저녁나절에 깃발을 들고 위험해 보이는 줄다리를 건너 파담 쪽으로 가는 처녀들
이 여럿 보였다. 내일 인도 독립 기념일 행사에 가는 학생들이라고 한다.

기온이 낮은 고지대 사막의 꽃들은 저지대에 비해
상대적으로 진한 향기를 내뿜는다.

제8장 이승과 저승 사이

카르샤 곰파 밑에서 이웃 트레커들과 찍은 기념사진.

8월 15일. 동산에 태양이요, 서산에는 만월이라. 아침 해가 떴는데 둥근 달이 아직 서쪽 하늘에 남아 온 천지가 광명으로 가득했다. 파담으로 떠나기 전에 기념 촬영을 했다. 이스라엘 팀 다섯 명, 메기 커플, 프랑스인 커플, 무진 선생과 나, 구두, 초두, 새루 모두 함께 기념 사진을 찍었다. 오늘로 일정을 마치는 프랑스인 커플이 우리에게 메트리스를 두 장 주었다. 또 프랑스에서 만든 이 지역의 원색 지도도 한 장 주었다.

메기는 나에게 침낭을 100루피에 팔았다. 그녀의 붉은 모직 담요는 라마유르의 라마승에게서 산 것인데 구두에게 150루피에 팔았다. 아버지가 한국인인 메기의 침낭에서는 서양 여자의 노린내가 심하게 났다. 100루피면 4달러도 안 되는데 그걸

천 년 순정의 땅, 히말라야를 걷다

기어이 돈을 받고 판 것이다. 메기는 역시 미국 여자다.

위태롭게 흔들리는 줄다리가 걸려 있는 강을 건넜다. 두 시간 후에 파담에 도착했다. 파담은 눈앞에 빤히 보이는데도 그렇게 멀었다.

파담에서는 독립 기념일 행사가 벌어지고 있었다. 헬기장에서 군인들과 학생들 그리고 주민들이 모여 노래하고 춤을 추었다. 소학교 운동회 같은 규모다. 교장 선생님처럼 연단 위 의자에 앉아 있는 사람은 인도 정부에서 파견한 이 지역 행정 책임자다.

초등학교, 중학교, 고등학교 남녀 학생들이 민속 의상을 입고 나와 차례로 노래 부르고 춤을 추었다. 여기에 동원된 악기는 오직 장구 비슷한 소북 한 쌍이지만 장구 두드리는 솜씨는 가히 천하일품이었다.

식당에 가서 이것저것 실컷 먹었다. 맥주도 두 병 마셨다. 거울을 보니 우리 두 명의 얼굴이 아주 형편없었다. 코와 귀의 껍질이 타서 벗겨지고 눈은 강렬한 햇빛 때문에 새빨갛게 충혈되어 있었다. 또 입술은 온통 부르터서 아프리카 토인들의 입술 같았다.

파담은 캐시미르를 장악한 도그라 왕조에 의해 평정되어 라다크 왕조와 섞이기까지 독립된 세력을 누렸던 잔스카르 왕조의 수도였다. 첩첩산중에 펼쳐진 널찍한 벌판에 자리 잡은 파담에는 인구 1,000여 명이 거주하고 있는데 대부분 불교도들이고 회교도도 더러 있었다. 파담은 잔스카르 일대의 트레킹 중심지여서 숙소, 식당, 상점들 외에 천막촌까지 들어서 있다. 물가는 레나 라마유르보다 훨씬 비쌌다.

평원처럼 아득하게 뻗어 나간 사막을 지나 살츄 강을
건너고 너덜지대를 지나자 자동차 도로가 나왔다.
넓은 호수도 있었다. 레 쪽에서 와 마날리로 가는 버스가
지나갔다. 20일 만에 보는 버스다. 맥이 풀린다.
끝까지 걸어보려던 생각이 어디론가 증발되고 있었다.

09

만신창이로 견디는 마지막 열흘

최루탄 맞고 피 흘리는 꿈

8월 16일. 아침 노을이 짙었다. 여독도 그만큼 깊었다. 하지만 다시 떠났다. 온몸이 만신창이가 되었지만 아직도 열흘을 더 걸어야 한다. 우리 앞에는 5,000미터가 넘는 고개가 또 하나 있었다. 그러나 새루와 말들은 점점 더 기운차게 걸었다. 그들의 고향 히마찰이 바로 그 고개 너머 있기 때문이다.

하지만 고개 너머에서 나를 기다리는 건 내가 그토록 진저리치던 속세일 뿐이다. 그런데 이상하다. 내가 그토록 진저리치던 속세가 은근히 그리워졌다. 시장이 있고, 주막집이 있고, 아리따운 여자들이 있는 시끌벅적한 속세……

쉴라 마을을 지나서 바르단 곰파 부근에 오니 착암기가 바위를 깨 길을 내고 있었다. 도로 공사 현장을 보는 일은 달갑지 않았다. 온 세상 구석구석이 이렇게 파괴되고 있다는 것을 여실히 보여주기 때문이다.

다리 건너서 언덕을 오르니 무네 곰파. 우리의 야영지는 아담한 연못가 풀밭. 반대편에서 온 프랑스 팀의 마부는 마누라와 아들을 조수로 데리고 왔다. 새루는 그들을 멀거니 바라보더니 저도 이 다음에는 마누라와 아들을 데리고 다녀야겠다고 말했다.

천 년 순정의 땅, 히말라야를 걷다

연못에는 건너편의 흰 산이 잠겨 있다. 그리고 어여쁜 풀꽃들이 가장자리에 빙 둘러서 피어 있다. 밥 먹고 라루 마을에 마실을 나가보았다. 암자가 하나 있고, 늙은 라마가 흙을 물로 이겨 벽을 고치는 중이었다. 라마승은 내가 한국인이라고 하자 다람살라에 있는 우리나라의 청전 스님을 안다고 했다.

8월 17일. 날은 더없이 맑았다. 어젯밤 왼팔에 최루탄을 맞고 피 흘리는 꿈을 꿨다. 오늘 피폴로 가는데 스페인 팀 열세 명도 우리와 같은 방향으로 간다고 했다. 구두와 초두는 이 팀에 속했다. 1시 35분쯤 피폴에 도착했다. 반소매 셔츠를 입고 걸었더니 왼쪽 팔뚝의 껍질이 일어났다. 물집이 생긴 것이다. 어젯밤 꿈에 최루탄을 맞은 바로 그 자리였다. 이래저래 오늘도 몹시 피곤했다.

스페인 팀의 조립식 화장실

8월 18일. 잿빛 구름이 드리웠다. 피폴을 떠나 잔스카르 강을 거슬러 올라갔다. 잔스카르 강은 마치 이승과 저승 사이를 흐르는 것 같다. 적막하고 적막했다. 강물소리야 세차지만 그 소리가 오히려 황량한 계곡을 더욱 황량하게 만들었다. 이곳 시냇가에서 두 귀만 물 밖에 삐죽 내민 채 물속에 잠겨 있는 어린 말의 시체를 보았다.

한 시간쯤 더 걷다가 비가 와서 길가 민가에 들어가 비를 피했다. 마날리 쪽에서 왔다는 늙은 마부가 있었다. 이 마부에게 필체 라와 싱고 라 중에서 어느 고개로 넘는 게 더 좋은지를 묻자 그가 생각할 필요도 없다는 듯이 냉큼 대답했다.

"나라면 필체 라로 넘겠다. 싱고 라보다 좀 힘들어도 경치가 훨씬 더 아름답기 때문이다."

진작부터 필체 라를 넘고자 했던 무진 선생이 흐뭇해한다. 필체 라(해발 고도 5,420

미터)나 싱고 라(해발 고도 5,096미터)는 둘 다 히말라야 주능선을 넘는 고개다. 트레커들은 대부분 싱고 라 길을 걷지만 무진 선생은 조금 험하더라도 인적이 뜸한 필체 라 길을 걷고 싶어 했다. 잠시 후 비를 맞고 덜덜 떨며 들어온 새루에게 필체 라로 넘자고 하니 새루도 좋아했다. 필체 라 지역은 말들이 좋아하는 풀이 풍부하다는 것이다.

오후 2시경 푸루네에 도착해 초텐 옆에서 막영을 하려는데 오물이 많았다. 대규모의 스페인 팀과 벨기에 팀 등이 몰려 있었다. 스페인 팀은 하루에 네 끼나 먹는다고 심부름꾼인 겔루가 투덜댔다. 그는 네팔 카투만두의 한국 호텔 '빌라 에베레스트'의 지배인 앙 도르지의 조카라고 했다.

네팔이 장마철이어서 트레킹이 불가능할 때는 이 지역에서 일한다는 겔루는 비키니 옷장 같은 조립식 화장실을 2동 만들고 나서 내게 말했다.

"이걸 사용하는 사람은 남녀 각 한 명씩이야. 그 두 사람 때문에 나는 날마다 변소 텐트를 두 개나 쳐야 해."

겔루가 조립한 화장실 문에는 각각 '레이디'와 '젠틀맨'이라고 남녀 구분 표시가 붙어 있고, 그 안에는 좌변기가 놓여 있었다.

8월 19일. 꿈꾸다 깼다. 비 듣는 텐트 밖에서 어여쁜 새 울음이 들린다. 비가 오더라도 새들은 먹이를 구하러 다니는가. 풀을 찾아 헤매는 양들은 하루에 얼마나 걸을까. 새들은, 나비들은 얼마나 날아다닐까…….

텐트 밖으로 나오니 산봉우리에는 흰 눈이 내리고 있었다. 버너는 쉿쉿 타오르고 차 끓는 냄새가 구수했다. 보름째 잔스카르를 거슬러 왔다. 아직도 일주일을 더 거슬러 가야 한다. 자꾸만 거슬러 와서 듣는 빗소리. 꿈과 현실의 경계에서 듣는 잔스카르의 아득한 빗소리…….

천 년 순정의 땅, 히말라야를 걷다

아침 먹고 푹탈 곰파로 갔다. 멋진 길이다. 강을 따라가다가 출렁 다리를 건너니 강변에 탑들이 늘어서 있고 그 위 벼랑에 큰 굴이 있었다. 흰 칠을 한 정방형의 집들이 굴속에서 콩비지처럼 흘러나와 있다. 무너질 듯 아슬아슬한 돌담이 둘러선 돌계단을 밟고 절에 올랐다.

맨 위 큰 굴에서는 석간수가 솟았다. 맑고 시원한 물이다. 한 모금 마시고 법당에 들어가본다. 들과 강을 내려다보고 있는 듯한 부처님을 모신 법당, 총카파를 모신 법당, 천수천안관세음보살을 모신 법당 등 모두 세 법당이 있었다.

천수천안관세음보살과 그 옆의 신장들은 모두 얼굴을 흰 천으로 가려놓았다. 1월 중에 있는 축제 때 딱 한 번 그 천을 벗긴다고 한다. 그렇지 않고 아무 때나 천을 벗기면 사고가 난다고 한다. 천을 벗기고 얼굴을 본 사람이 즉사한 일도 있었다고 한다.

한 라마승은 이 절이 1만 년 전부터 있었다는 이야기를 들려주었다. 혈거시대부터 이 굴에서 사람이 살았다는 이야기 정도로 이해했다. 1825년경에 헝가리 탐험가가 와서 1년 동안 머물렀다는 금속 간판이 붙어 있는 방도 있었다.

절 안에 마련된 찻집에서 차를 마시며 창 밖으로 잔스카르 강이 흘러가는 것을 바라보았다. 강물 흐르는 소리가 바람과 함께 들어와 넘실댔다. 어린 라마가 차를 가져와 탁자에 놓았다.

푹탈 곰파에서 돌아오는 길은 이상스레 멀었다. 텐트에 돌아오니 새루와 초두가 술에 취해 곯아 떨어져 있었다. 구두가 일어나라고 소리치기를 1분 이상 계속하자 새루가 일어나긴 일어났는데 텐트의 폴대를 뽑아 들고 일어섰다. 그러더니 다시 쿠쿠리(낫 비슷한 칼)를 집어 들고 곧 찌를 듯 고함을 질렀다. 무슨 나쁜 꿈을 꾸다 깬 것 같았다.

왼쪽·멀리 보이는 동굴 아래에 있는 곰파가
푹탈 곰파다. 푹탈 곰파에는 1825년경에 헝가리
탐험가가 1년 동안 머물었다는 기록이 있다.
오른쪽·푹탈 곰파로 가는 길의 출렁다리.

　새루의 흥분이 어느 정도 가라앉았을 때 내가 새루를 불러 과음하지 말라고 타일렀다. 미안하다고 사과한 새루는 우리에게 라면을 끓여주고는 개울로 씻으러 갔다. 우리는 라면에 찬밥을 말아 먹고 한잠 잔 후 목욕을 했다.

　오후에 해가 들자 저녁노을이 아름다웠다. 무진 선생이 바위에 앉아 피리를 불고 있는데 두 명의 독일 할머니들이 다가왔다. 7년 전 트레킹을 함께 하며 이 지방에 왔던 인연으로 이번엔 둘이 같이 왔다는 젊은 할머니들은 곰파를 찾아 순례하며 원주민들의 보석을 사 모으고 있었다.

동독 출신의 삭발 처녀

8월 20일(16일째). 날씨가 추워서 텐트 벽에 습기가 찼다. 앞으로 날마다 더 추워질

왼쪽·돌에 새긴 탑들. 오른쪽·돌에 새긴 불탑. 육자진언 '옴마니반메훔'도 새겨져 있다.

천 년 순정의 땅, 히말라야를 걷다

것이다. 밥 먹고 짐을 정리하고 있을 때 서양 여자 둘이 필체 라를 같이 넘자고 찾아왔다. 어제 무진 선생의 피리 소리를 듣고 찾아왔던 독일 할머니들에게서 우리가 필체 라를 넘는다는 이야기를 들었다는 독일 여자들이다. 그런데 한 여자는 머리를 삭발한 지 얼마 안 되어 종달새 새끼 같은 모습이다.

새루에게 의논했더니 좋다고 했다. 우리가 따로 부탁하지 않았는데도 여자들의 짐을 자기 말에 실어주겠다고 나섰다. 그러나 여자들은 한사코 자기들 배낭은 자신들이 지겠다며 버텼다. 꽤나 묵직해 보이는 커다란 배낭을 말이다.

오후에 탕지 마을에 도착하자 새루는 구두, 초두와 이 마을에서 작별했다. 싱고 라를 넘어야 하는 그들은 오늘 가르걕까지 가서 야영을 한다고 했다. 필체 라로

바위에 새긴 부처님 모습.
푹탈 곰파 가는 길에는 이러한
바위들이 수없이 늘어서 있다.

가는 우리와는 여기서 길이 갈라지는 것이다.

친구들과 헤어진 새루는 잔뜩 시무룩했다.

"새루, 서운한가 보구나."

"좀 그렇다. 하지만 며칠 후에 다시 만날 거니까 상관없다."

"그래, 이제 며칠만 지나면 네 아내와 애들을 만날 수 있겠구나."

"그렇다. 그걸 생각하니 너무 기쁘다. 참, 어제의 일은 정말 미안하다. 사실 어제는 내가 좀 미쳤던 것 같다. 가끔 그렇게 발작을 한다."

"가끔?"

"그래 일 년에 한두 번쯤."

"왜 그러냐?"

"내 첫 번째 마누라 때문이다. 아주 예뻤다. 그런데 임신 중에 살해당했다. 내 형도 그때 같이 죽었다."

"누가 왜 죽였냐?"

"형의 친구인 마부들이다. 술에 잔뜩 취해서 내 마누라를 겁탈하려고 했었다. 형은 그걸 말리려고 했었고……."

"너도 현장에 있었냐?"

"없었다. 그때 나는 바로 어제 머문 그 뿌르네 마을에 있었다."

비로소 나는 새루가 발작을 일으킨 이유를 알 것 같았다. 염소를 잡았던 날, 새루가 강가에서 미친 듯 울부짖었던 이유도…….

탕지 마을은 넓은 들을 안고 있었다. 보리밭이 있고 언덕 위에는 곰파가 있었다. 옛날에는 꽤 큰 곰파였는지 탑이 무수히 많았다.

탑에는 성스러운 회색을 칠했다. 며칠 전 룽포체를 전송하던 마을에서도 길 양쪽에

천 년 순정의 땅, 히말라야를 걷다

흰 돌가루를 뿌렸었다. 우리의 서낭당 같은 돌무더기에도 흰 차돌이 대부분이었다.

널찍한 돌에 주문이나 불상 또는 탑을 새겨서 쌓아 올린 돌무더기를 이 마을에서는 뭐라고 부르는지 모르지만 정교하고 예술적인 그림이 그려진 돌도 많았다. 어떤 것은 투박하지만 소박한 아름다움이 풍겼다.

보리밭 옆 풀밭에 텐트를 쳤다. 저만큼 보이는 흰 산을 배경으로 보리밭이 바람에 잔물결을 치며 일렁였다. 종달새도 하늘 높이 떠올라 경쾌하게 노래했다. 점심을 잔뜩 먹었을 스페인 사람들이 지나갔다. 새루가 압력밥솥의 김을 뺐다. 필체라를 함께 넘기로 한 독일 여자들이 도착했다. 새루에게 또 600루피를 가불해주었다. 그 돈으로 새루는 '유'라는 보석을 샀다. 어제도 새루는 200루피를 가불해 갔었다. 역시 '유'를 사기 위해서라고 했다.

"새루, 너 보석 많이 사는구나. 그 많은 걸 다 마누라에게 줄 거냐?"

"헤헤헤……, 솔직히 말해서 더러는 시장에 내다 팔기도 해. 여기서 산 값의 열 배를 받기도 하거든……."

황홀한 별밤

저녁을 먹었다. 지난번 트레킹 때 새루가 싱고 라 밑에서 캤다는 코쩨(산 마늘)를 국에 넣었더니 맛있었다. 코쩨는 우리나라 산나물 '명이' 맛이다.

독일 여자들은 수프를 끓이고 빵에다 버터를 발라서 저녁을 때운다. 말을 시켜 보니 동독 출신이다. 내일 아침부터는 그들의 배낭을 말에 싣기로 했다.

밤에 우리는 텐트 밖에 머리를 내밀고 말 안장을 베고서 하늘을 바라보았다. 별이 가득했다. 무수한 별똥이 검푸른 산 그림자 뒤로 사라져 갔다. 무진 선생의 금강경

푹탈 곰파의 젊은 승려가 수줍은 듯 포즈를 취했다.

탕지 마을의 노인. 보리밭에서 한가로이 불경을 읽고 있다.

탕지 마을에 물결치는 보리밭. 우리나라 남녘을 떠올리게 한다.

외는 소리를 듣다가 깜빡 잠이 들었나보다. 추워서 깨어났다. 무진 선생은 여전히 금강경을 외고 있었다.

8월 21일. 새벽에 보니 무진 선생의 머리는 여전히 텐트 밖에 있었다. 밤새 머리를 텐트 밖에 내놓은 채로 지낸 것이다. 춥지 않았느냐고 물으니 반달이 휘영청 밝아 무척 황홀했노라는 대답이 돌아왔다.

멀찍이서 동독 여자들이 텐트를 걷고 있었다. 아침 식사를 어떻게 하는지 가서 물어보고 싶었지만 참았다. 동독 여자들 딴에는 서로 방해가 되지 않기 위해 저렇게 먼 곳에 텐트를 친 거라고 생각했기 때문이다. 8시쯤 출발했다. 오늘 야영지는 징첸, 필체 라 바로 밑이다.

반달이 아직 서산 위에 걸려 있다. 왼쪽 계곡을 따라 올라가다가 비탈에 붙어 걸었다. 그러고는 작은 능선 위에 올라 쉬었다. 싱쿤 라 쪽에 흰 능선이 보였다. 거기에 그랜드 피크라는 외딴 봉우리가 있었다. 말들은 풀이 많아지자 행복한 모습이다. 능선에서 동독 여자들과 처음 통성명을 했다. 사빈느와 마티나였다.

1시, 징첸에 도착했다. 오늘은 고작 너더댓 시간 걸었다. 여기서 필체 라(해발 고도 5,450미터)까지는 도보로 약 서너 시간 거리라고 한다. 필체 라는 워낙 고소여서 이곳 징첸에서 고소 적응을 한 뒤 내일 잽싸게 필체 라를 통과해 고도가 낮은 추믹 마르포까지 내려가야 안전하다는 것이다.

이 골짜기로 들어온 이후 하루 종일 어떤 여행객도 만나지 못했다. 야크를 데리고 가는 사람과 할아버지 한 명을 먼빛으로 보았을 뿐이다. 고도가 높아지면 어김없이 나타나는 야생 동물인 페가 텐트 저쪽에서 풀을 뜯었다. 새루에게 저놈을 잡아서 구워 먹자고 했더니 새루답지 않게 펄쩍 뛴다. 페는 아무도 잡아먹지 않는다는 것이다.

빨래하고 목욕을 했다. 동독 여자들은 물가에서 침낭을 뒤집어쓰고 자다가 텐트

천 년 순정의 땅, 히말라야를 걷다

로 왔다. 마티나는 하도 자서 그런지 눈이 부었다. 바람이 심해서 마티나는 새루의 텐트 안에서 밥을 했다. 마티나의 버너는 2차 세계대전 때 쓰던 석유버너다. 여자들과 텐트 안에 있으니 소꿉장난하는 기분마저 들었다. 그녀들은 작년에 미국을 6개월 동안 여행한 일이 있다고 했다. 사빈느는 소련에 유학한 일도 있다며 웃었다.

빨래가 아직 덜 말랐는데 해는 이미 기울어버리고 이내 추위가 몰려들었다. 물집이 잡힌 정강이에 약을 발랐다. 팔뚝의 화상은 이제 어느 정도 괜찮아졌다.

점심에 먹은 뚝바가 양이 넘쳐 어지간히 남아 있었는데 그냥 두면 새루가 내다버린다고 무진 선생이 억지로 다 먹었다. 인도에서 많은 사람들이 굶어 죽는데 양식을 버리는 일은 죄업이 된다는 것이다.

버스를 보자 맥이 풀리다

8월 22일(18일째). 격렬한 몽정이 있었다. 따뜻한 김이 모락모락 피어오르는 목욕탕에 나부裸婦가 있는 꿈을 꾸다가 팬티를 흠뻑 적신 것이다. 허망하기 짝이 없었다. 텐트 밖에 나와 보니 새벽 달빛이 처연했다. 별빛은 푸르고 아프다.

양치질을 하려고 물통에 남겨둔 물에 살얼음이 얼었다. 소금으로 이를 닦는데 입술이 부르터서 여간 쓰라린 것이 아니다. 으아악! 소리를 지르며 이를 닦았다. 9시 못 돼서 출발했다. 나는 맨 뒤에 처져서 걸었다. 정말 간신히 걸음을 떼어놓았다. 이러다 죽으면 어쩌나, 낙오하면 어쩌나 하는 걱정마저 들었다.

일행보다 약 두 시간 늦게 필체 라(해발 고도 5,450미터)에 올라섰다. 오후 3시였다. 5,000미터가 넘는 고개를 올라선 게 여섯 번째인 듯했다. 그런데 이 고개의 전망이 가장 아름다웠다. 날씨가 좋아서 더욱 눈부시게 빛나는 흰 눈, 아득한 곳에 삐죽 솟아 있는 산까지 다 보였다. 나를 두 시간이나 기다린 일행들이 하산을 서둘렀다. 아쉬웠다. 더 오래 있고 싶은데 혼자 남기 싫어서 따라 내려갔다. 우리 셋은 생애 최고最高의 산에 오른 셈이지만 사비나는 이미 소련의 6,000미터급 산에 오른 경험이 있다고 한다.

4시 30분. 추믹 마르포Chumik marpo 베이스캠프에 도착했다. 우선 라면을 끓여 먹었다. 개울 건너에 탕지 마을에서 필체 라를 넘어온 야크들과 야크를 몰고 온 사람들의 움막이 있었다. 내일 아침에 새루가 그들에게 가서 커드를 구해 오겠다고 한다. 커드는 야크 젖으로 만든 일종의 요구르트였다.

8월 23일(19일째). 쾌청한 아침이다. 새루가 손잡이가 달린 깡통에 커드를 하나 가득 사 가지고 와서 배불리 먹었다. 간밤에는 온몸이 몹시 가려워서 잠을 못 이루었다. 더욱이 양쪽 무릎 위에 이상한 발진이 생겼는데 무척 가려웠다.

첫 번째 강을 건너서 멀리 흰 산이 보이는 넓은 벌판을 가로지른 후 다시 강으로 내려섰다. 어제 새루가 말하던 그 강이다. 그러나 생각보다 얕았다. 우리는 강 건너에 텐트를 치기로 한다. 지팡이에 의지하여 강을 건넜다. 모두들 무사히 강을 건넜다.

이 고장의 이름은 카미랍이다. 이제부터는 히마찰프라데시 지역이다. 바람이 심하다. 낮 동안 계속해서 불다가 밤늦게부터는 잔잔해진다고 한다. 독일 여자 두 명은 우리가 내일 야영하기로 한 닝티까지 가서 야영하겠다며 배낭을 메고 출발했다. 악수를 청하기에 손을 내밀어주었다. 얼마 만에 만져보는 여자 손이냐. 그러나 둘 다 뼈마디들이 느껴지는 연장 같은 손이다.

8월 24일(20일째). 바라푸르 시티까지 이틀에 가려던 여정을 하루로 단축하기로 했다. 8시에 출발해 닝티와 쿰중세라이를 거쳐 바라푸르 시티Bharatpur city에 도착한 시간은 오후 5시 30분이었다.

천 년 순정의 땅, 히말라야를 걷다

평원처럼 아득하게 뻗어 나간 사막을 지나 살츄 강을 건너고 너덜지대를 지나자 자동차 도로가 나왔다. 넓은 호수도 있었다. 레 쪽에서 와 마날리로 가는 버스가 지나갔다. 20일 만에 보는 버스다. 맥이 풀린다. 계획대로라면 여기서 열흘을 더 걸어야 마날리다. 달차까지만 걷는다고 해도 아직 사흘을 더 걸어야 한다. 끝까지 걸어 보려던 생각이 어디론가 증발되고 있었다.

포장도로와 버스를 보니 트레킹을 그만 집어치우고 버스에 올라 편안하게 가고 싶은 생각이 간절하다. 빨리 마날리의 온천에 몸을 담그고 싶어서 안달이 났다.

백척간두에서 진일보하라

밤에 새루의 텐트 속에서 차를 마시며 무진 선생과 일정을 의논했다.

"무진 선생님, 내일 그냥 버스 타고 하산하는 게 어떨까요?"

"좋으실 대로 하세요. 하지만 후회하지 않을 자신 있으세요?"

"후회하게 되겠지요. 하지만 버스를 보니까 맥이 풀려요. 몸도 엉망진창이구요."

"백척간두에서 진일보하라는 말 아시죠?"

"……."

"내일 아침에 일어나면 마음이 달라질 수도 있으니 우선 자고 내일 다시 생각합시다."

"그러지요."

나는 새루 옆에 눕고 무진 선생은 텐트 밖으로 나갔다. 잠시 후 무진 선생이 염불 외는 소리가 들렸다. 오늘도 금강경이다.

8월 24일이 밝았다. 흐리고 몹시 추웠다. 우리가 넘어가야 할 바라라차 라에 먹구

트레커들이 히마찰프라데시와 잔스카르의 경계를 이루는 카미랍 강을 건너고 있다.

카미랍 강변과 필체 라에는 작고 여린 풀꽃들이 피어나 오랜 여행에 지친 나그네들을 위로해주고 있다.

름이 엉겨 있고 거기서 차가운 바람이 몰아쳐 왔다. 간간이 빗방울이 뺨을 때리기도
했다. 고개 너머에는 비가 오고 있는 것이 분명하다.

"무진 선생님, 버스 타고 마날리로 갑시다. 비 맞으면서 걸을 자신이 없습니다.
옷이 젖으면 몸에 생긴 물집 터진 상처들이 더욱 쓰라릴 것 같군요."

"그럽시다. 사실은 나도 사나흘 전부터 치통 때문에 여간 고통스럽지 않습니다."

"치통이라니요?"

"땜질한 어금니가 몹시 아픕니다. 머릿골을 송곳으로 후비는 것 같아요."

무진 선생이 이를 닦을 때 비명을 지르던 이유가 입술이 부르텄기 때문만은 아니
었다는 것을 비로소 알게 되었다.

"마날리에 가서 온천욕이나 합시다. 바시스트라는 사원에 있는 온천이 좋습니다.
하루에 몇 번을 해도 공짜입니다."

"생각만 해도 즐겁군요."

우리가 새루에게 트레킹을 그만 마치겠노라고 하자 새루는 전혀 서운하지 않다고
말했다.

"괜찮다. 아니 더 좋다. 내가 말을 타고 달려가면 이틀 안에 마날리에 도착한다.
생각해봐라. 이틀 안에 마누라와 애들을 보게 되는데 기쁘지 않을 수 있겠냐?"

새루에게 지불해야 할 말 값 8,400루피 중에서 계약금과 가불금을 제한 나머지
7,400루피를 주었다. 새루는 무척 기뻐했다. 사실 하루 400루피라는 금액은 무진
선생과 나, 두 사람이 빌리는 말 값으로는 내는 사람 입장에서 보면 지나치게 많았
다. 새루는 우리가 그 돈을 다 주리라고 생각지도 않았는데 다 받았으니 입이 귀에
걸리도록 기쁜 것이다. 새루와 우리는 나흘 뒤인 28일 11시에 마날리의 버스 터미
널에서 다시 만나기로 하고 작별했다.

천 년 순정의 땅, 히말라야를 걷다

"마날리에 가면 마누라더러 쌀로 아락을 빚으라고 하겠다. 큰 통 가득히 빚고 닭도 요리해놓고 너를 데리러 터미널로 나가겠다. 우리 집에서 밤새도록 마셔보자."

"말만 들어도 고맙다. 나중에 보자."

새루는 먼저 말을 몰고 떠나고 우리는 바라푸르 시티 호텔 앞에서 언제 올지 모르는 버스를 기다렸다.

10

마날리에서의 마지막 날들

누군가에게는 소중한 사람들

버스에 타고 나서 시계를 보니 오후 3시였다. 겨우 스무 날 만에 타는 버스인데도 영 낯설었다. 차창 밖으로 휙휙 지나가는 황량한 언덕들을 바라보자니 아쉬움이 몰려왔다. 예정대로라면 우리는 아직도 저 황량한 언덕을 터벅터벅 걷고 있을 것이다.

버스가 달차Darcha 마을을 지나간 시각은 5시경. 어느새 왔는지 차창 밖으로 새루가 보여서 손을 흔들어주었다. 새루도 두 손을 번쩍 든다. 새루는 길가의 허름한 집 앞에 말을 매놓고 있었다.

달차는 세 방향의 히말라야 골짜기에서 흘러오는 강물이 모이는 곳에 있다. 주변의 산세가 아주 웅장하고 멋진 마을이었다. 과연 듣던 대로 말들이 많아 보였다. 자동차 도로가 없는 지역이 많아서 말에 의한 교통과 수송의 중심지 역할을 하고 있었기 때문이다.

킬롱Keylong에 도착했다. 킬롱은 라훌과 스피티 지역에서 가장 큰 마을이다. 길가에 상점들이 늘어서 있고 중심지와 시장은 계곡 쪽에 있었다. 버스 운전사는 저녁 식사를 하고 떠나겠다고 한다.

천 년 순정의 땅, 히말라야를 걷다

차에서 내리니 금방 밤이 되었다. 길에 늘어선 가게마다 석유 등잔이 켜졌다. 등잔불에 어른대는 사람들의 얼굴이 친근하게 느껴졌다. 보퉁이를 껴안고 짜파티나 삶은 계란을 사먹는 사람들, 차를 마시는 사람들, 바나나를 먹는 사람들…….

먼 길을 여행하느라 피곤한 얼굴에 꾀죄죄한 행색의 그들 한 사람 한 사람은 이 세상 누군가에게 가장 소중한 사람일지도 모른다. 석유 등잔의 불빛이 어른대는 그들의 얼굴을 쳐다보고 있자니 연민이 일어나 괜히 눈물이 나려고 한다. 누군가에게는 가장 소중한 사람들, 누군가가 어서 오기를 손꼽아 기다리는 사람들……. 가출을 일삼았던 사춘기 시절이 떠올랐다. 그때 나는 얼마나 많은 날들을 이런 낯선 버스 정류장에서 밤을 맞이했던가.

과일 가게 앞에서 자그마한 토마토를 흥정하고 있는 아가씨가 어디서 많이 본 듯했다. 누굴까. 얼른 생각이 안 난다. 레에서 '트레킹을 함께 할 사람을 찾는다' 는 광고를 보고 호텔로 찾아왔던 호주 아가씨 나오미였다. 그녀는 이스라엘 청년들과 라마유르에서 파담까지 트레킹한 후 트럭으로 레에 돌아갔다가 다시 이곳 킬롱으로 왔다고 한다. 그녀는 오늘 밤 이곳의 여관에서 쉬고 내일 마날리로 하산할 예정이란다.

우리 버스가 빵빵빵 요란하게 경적을 울리며 움직이기 시작했다. 버스에 오르며 나오미에게 손을 흔들어주었다. 그러나 나오미는 이미 돌아서서 걷고 있었다.

버스는 캄캄한 산중의 밤길을 세 시간쯤 더 달리다가 밤 12시가 다 되어서 허름한 식당 앞에서 멎었다. 여기서 자고 새벽에 다시 떠난다는 것이다. 승객들이 우르르 내려 식당으로 들어가고 나는 그냥 차에서 쪼그리고 자기로 했다.

8월 26일. 새벽 여명이 퍼지기도 전에 버스가 출발했다. 개울을 거슬러 비탈을 오르던 버스는 이제 눈앞에 완만하게 펼쳐져 있는 능선을 향해 지그재그 움직이며 달려갔다. 수백 마리의 양 떼들도 차도를 따라 그 능선을 향해 종종걸음을 쳤다. 버스

마날리의 정글 속에서
남벌한 나무로
재목을 만들기 위해
톱질하는 현지인들.

가 지나가면서 '빵빵빵' 경적을 울리면 양 떼들은 메헤헤헤 울며 길가 비탈로 비켜
섰다.

이윽고 버스가 올라선 능선, 비구름에 푹 젖어 있는 능선이 로탕 패스(해발 고도
3,980미터)다. 스리나가르에서 라다크로 들어가는 조지 라처럼 마날리에서 라다크로
들어가는 이 고개도 히말라야의 주능선에 자리하고 있었다. 버스는 비구름을 뚫고
경사가 아주 급한 내리막을 삐걱거리며 내려갔다.

길모퉁이에 종종 커다란 대머리 독수리들이 앉아 있었다. 버스가 지나가도 태연하
게 앉아서 부리로 깃털을 쑤셔대는 대머리 독수리들이 추잡스러워 보인다. 히말라야
설봉의 기류 위에 유유히 떠 있을 때는 무척이나 자유롭게 보였는데, 막상 이렇게 땅
에 내려앉아 있으니 깨달음의 기회를 놓친 채 늙어버린 승려처럼 청승맞았다.

비구름을 빠져 나오자 길가에 울창한 숲이 있었다. 해가 나자 꽃나무에 달린 노랗
고 빨간 꽃들이 더욱 선명했다.

천 년 순정의 땅, 히말라야를 걷다

마날리의 들판을 적시는 비아스 강.

바시스트 마을 건너편 농가의 물레방아는 옛날 우리네 물레방아와 별로 다르지 않다.

큰 강이 보였다. 비아스 강이다. 강 건너에 늘어선 호텔 건물들은 잠무보다 더욱 현대적이고 규모가 컸다. 그러나 강 이쪽에는 티베탄 난민들의 주거임을 알리는 깃발들이 펄럭이는 판잣집들이 늘어서 있었다. 옛날 우리나라 청계천 변 '하꼬방' 같았다. 9시 못 되어서 마날리 버스 정류장에 도착했다. 정류장은 이 지역 교통 중심지답게 아주 혼잡했다. 수십 대의 버스와 택시들이 경적을 울리면서 정신을 쑥 빼놓았다. 그런가 하면 정류장 한쪽 구석에서는 곰 재주를 보여주면서 약을 파는 약장수가 있었다.

마날리의 고도는 해발 1,926미터. 히말라야 중턱에 자리 잡은 셈이다. 힌두의 마누 신이 하늘에서 배를 타고 내려온 자리라고 하는데 이곳 꿀루Kullu 지방의 최대

천 년 순정의 땅, 히말라야를 걷다

휴양지였다. 인도인 신혼부부가 많이 오는 곳이기도 하다. 여기에서 델리까지는 590 킬로미터, 버스로 열여덟 시간 정도 걸린다. 여기에서 한 시간 거리의 분타르에 가면 델리까지 두 시간 만에 날아가는 경비행기 공항이 있었다. 이제 완전히 속세로 돌아온 것이 실감났다. 하지만 마음은 아직 히말라야 산속을 터벅터벅 걷고 있다. 그래서 아쉬운 눈길을 자꾸 먼 산으로 보냈다.

바시스트 마을의 노천 온천

정류장 맞은편 골목 안에 있는 허름한 호텔 '블루 드래곤'에 투숙했다. 2층 베란다에서 숲이 건너다보였다. 짐을 풀고 우선 온천부터 찾아가보기로 했다. 거리에서 물집 생긴 자리에 바를 소독약과 곪지 않게 하기 위한 항생제를 샀다. 무진 선생은 '호사 좀 부려보자' 면서 목욕에 쓸 천연 비누와 목욕 후 몸에 바를 살구 씨 기름도 샀다. 택시를 타고 바시스트Vashist 마을의 온천으로 향했다.

바시스트 마을은 마날리에서 로탕 패스 쪽으로 3킬로미터쯤 떨어진 산비탈에 자리 잡고 있었다. 바시스트라는 이름은 이곳에서 오랫동안 수행했다는 힌두의 신화적인 성자 바시스트의 이름을 그대로 딴 것이다. 이 성자를 기념하기 위해 지은 사원을 중심으로 마을이 퍼져 있는데 온천은 사원 안에 있었다.

입장료는 따로 내지 않았다. 그러나 '성금함'이 있어서 돈을 내고 싶은 사람은 성의껏 내게 되어 있다. 온천은 지붕이 없고 벽만 있는 노천탕인데 남녀가 따로 들어가게 되어 있었다. 돌로 된 벽에는 오래된 힌두 조각과 문양이 새겨져 있고 거기 옷을 걸어둘 수 있는 걸개가 한 줄로 박혀 있었다.

목욕하는 사람들이 많았다. 힌두의 승려인 사두들, 서양에서 온 배낭족들, 신혼여

마날리의 버스 터미널 앞에서 약장수가 곰의 재주를 보여주며 오가는 사람들을 모아 놓았다.
하지만 왠일인지 곰은 꿈쩍고 않고 재주를 피우지 않는다.

행 온 인도의 새 신랑들……. 그런데 이 온천에서는 모두들 팬티를 입은 채 목욕을 했다. 그래서 본의 아니게 사두들의 팬티를 구경할 수 있었다.

사두들의 팬티는 대개 손수 만든 수제품들로 그 모양이 기기묘묘했다. 기저귀 형태가 있는가 하면, 긴 천으로 둘둘 만 형태, 압박 붕대 같은 것으로 성기 부분만 아슬아슬하게 처맨 것도 있었다.

내 몸에 100개쯤 더덕더덕 붙어 있는 부스럼 딱지는 이 온천에서 며칠만 더 목욕하면 씻은 듯이 나을 것이라고 무진 선생이 말했다. 무진 선생은 지난해 겨울 6개월 동안 바로 이곳 바시스트에서 지냈다고 한다.

목욕을 마치고 바시스트 사원 정문 앞의 카페로 올라갔다. 그곳은 전통적인 이 지역 가옥 형태를 그대로 보존하고 있는 2층 목조 건물이었다. 테라스에 앉아 바나나 커드(커드에 바나나를 썰어 넣은 음식)와 짜파티를 먹었다.

"온천욕하고 여기 앉아 커드 먹으며 앉아 있으니 신선이 부럽지 않습니다. 이 근처 트레킹에 대한 글을 정리하면 어떨까 하는 생각이 드는군요."

"좋은 생각입니다. 이 근처 좀 한적한 집에 방을 구해놓고 온천도 다니고 숲을 산책하면서 쓰면 좋은 문장이 저절로 나올 것입니다."

우리가 대화하는 모습을 바라보며 눈이 점점 동그랗게 커지던 카페 주인 남자가 무진 선생에게 말했다.

"놀랍다. 너는 어떻게 말을 할 수 있느냐?"

무진 선생이 웃으면서 대답했다.

"나는 말하면 안 되나?"

"작년까지만 해도 넌 벙어리였다. 도대체 어떻게 된 거냐?"

"그땐 잠시 그랬을 뿐이다. 지금은 아니다."

　주인 남자는 아리송하다는 표정을 지으며 돌아갔다. 무진 선생은 작년 겨울을 전후하여 이 마을에서 6개월을 지내는 동안 어느 누구와도 대화를 나누지 않았다고 한다. 그래서 다들 벙어리인 줄 알았는데 다시 나타나서는 말을 하니 신기하게 생각한다는 것이다.

　시내로 가는 길목에 체중을 다는 저울을 놓고 체중을 다는데 1루피씩 받는 사람이 있었다. 저울에 올라서서 바늘을 보니 58킬로그램이다. 망가진 저울 아닐까? 서울 떠날 때 70킬로그램이었다. 그런데 58킬로그램이라면 12킬로그램이나 빠진 것이다.

　"이거 망가진 것 아닐까요? 두 달 전보다 십이 킬로그램이나 모자랍니다. 선생님도 한번 달아보세요."

　무진 선생도 체중을 단다.

　"전 똑같은데요. 저울이 망가진 게 아니라 그만큼 살이 빠진 겁니다. 다이어트 한번 확실하게 했군요."

　"하긴 배가 쑥 들어갔어요. 파담에서 혁대에 구멍 하나를 더 뚫었는데도 벌써 헐겁습니다."

　"지금 그 체중 잘 유지하세요."

　"이 체중 유지하기 어렵겠어요. 또 배가 고픈걸요."

　내가 식사하는 동안 무진 선생이 치과에 다녀왔는데, 출타 중인 의사가 사나흘 더 있어야 온다고 하더란다. 그래서 약국에 들러 진통제를 사먹었다고 했다. 아무래도 빨리 델리로 나가는 게 옳지 싶은데 무진 선생은 트레킹 중에 내 몸에 생긴 100군데가 넘는 부스럼을 온천욕으로 아물게 한 후 떠나자고 한다.

천 년 순정의 땅, 히말라야를 걷다

왼쪽·바시스트 사원의 온천 입구.   오른쪽·바시스트 온천탕의 남탕. 온천탕 벽에는 신상들이 새겨져 있다.

마날리의 시장통. 요란한 인도 영화 포스터가 주민들을 한껏 현혹한다

Plus
SUPER plus
HR100
LAB MANALI
COLOR CHANDIGARH
HOTEL Premier
राज हंस गुजराती भोजन
नास्ता
शुद्ध शाकाहारी
PAINTER
Billa
HIM
MEDICAL STORE
DRUGGISTS & DISPENSING CHEMIS
राजहंस
गुजराती
भोजन
नास्ता
ISI KA NAAM ZINDAGI
KALIDAS
हंसी का नाम
ज़िन्दगी
यतीम
DRINK KULLU APPLE JUICE

꿀루·마날리의 원주민 아낙네들. 양털로 만든 옷감이어서 비에 젖으면 비린내가 심하게 났다.

까마귀들과 강변의 도살장

7월 28일. 눈은 떴지만 침대에 누운 채 안개 자욱한 하늘을 날아가는 까마귀들을 바라보았다. 까마귀들은 이승과 저승 사이의 유계幽界를 날아다니는 것 같다.

구름 저쪽 라다크 땅이 다시 그리워진다. 찬란한 하늘과 적막한 땅, 물소리와 바람소리, 말발굽 소리와 창이 술통에서 찰랑이는 소리…….

까마귀들이 날아가는 방향은 로탕 패스가 있는 히말라야 쪽이다. 어제 저녁에는 까마귀들이 그 반대편으로 까욱까욱 울며 날아가던 게 생각났다. 까마귀들은 왜 아침저녁으로 저렇게 떼 지어 날며 수선을 떠는 걸까. 둥지는 남쪽에 있고 먹이는 북쪽에 있는 것일까.

명상을 마친 무진 선생과 함께 바시스트로 온천욕을 하러 가는데 까마귀들이 여전히 우리 머리 위를 날고 있었다.

"저 까마귀들은 도대체 어디로 날아가는 걸까요?"

"저 모퉁이만 돌면 알게 될 겁니다."

"네?"

"눈으로 직접 보세요."

이윽고 모퉁이를 돌아서니 까마귀들이 강가에서 어지럽게 날고 있었다. 전봇대와 전깃줄에도 새카맣게 앉아 있다. 그런 까마귀들 밑에서 양들을 도살하고 있었다. 기다란 횃대가 대여섯 개 늘어서 있는데 횃대마다 양을 서너 마리씩 거꾸로 매달아놓고 스웨터나 내복을 벗기듯이 양가죽을 벗겨내고 배를 갈라 창자를 꺼냈다. 또 강가 비탈에는 도살될 차례를 기다리는 양들이 얌전하게 엎드린 채 무심하게 되새김질을 하고 있었다.

까마귀들은 이 도살장에서 버려지는 양들의 내장이나 살점을 먹으려고 모여드는 것이다. 며칠 전 마날리로 오면서 로탕 패스를 넘을 때 본 그 숱한 양 떼들은 바로 이곳 도살장으로 끌려오는 양 떼들이었음을 비로소 깨달았다. 까마귀들은 결국 먹이 때문에 아침마다 이곳으로 날아왔고, 저녁이면 둥지를 찾아 내려가는 것이다.

"저런 광경을 보니 너무 일찍 내려와 버렸다는 생각이 듭니다. 지금이라도 다시 저 산속에 들어가 지쳐서 쓰러질 때까지 걸어보고 싶은 건 무슨 까닭일까요?"

무진 선생은 내 말을 못 들은 것처럼 입을 다문 채 양잿물처럼 새하얀 히말라야에 눈길을 던지고 있었다.

천 년 순정의 땅, 히말라야를 걷다

라다크의 마카벨리와 잔스카르 트래킹

천 년 숨겨온,
히말라야는 길다

초판 1쇄 발행 | 2006년 7월 10일

지은이 | 김홍성

발행인 | 전상삼
표지 & 본문 디자인 | 홍단

펴낸곳 | 도서출판 세상의 아침
주소 | 서울시 마포구 서교동 408-8 305호
전화 | 02-323-6114
팩스 | 02-325-2114
이메일 | morningworld@paran.com

출판등록 제 2002-126호(2002년 6월 26일)
ISBN 89-9554-481-3 (03810)

값 15,000원

* 잘못된 책은 교환해 드립니다.